Τα Βράχια

ΔΗΜΗΤΡΗΣ ΣΤΕΡΓΙΟΥ

Δ' Έκδοση - Ιούνιος 2014

ΤΑ ΒΡΑΧΙΑ
Δημήτρης Στεργίου
Α' Έκδοση: 1970
Β' Έκδοση: Φιλιππότης, 1992
Γ' Έκδοση: Stergiou Limited, 2013-2014
Δ' Έκδοση: © STERGIOU LIMITED, Ιούνιος 2014
ISBN: 978-1-910370-16-2

Cover Image: © Ggprophoto | Dreamstime Stock Photos
Music Composer: David J. Franco

Το βιβλίο είναι διαθέσιμο και σε ηλεκτρονική μορφή (eBook και audiobook). Περισσότερες πληροφορίες στο http://stergioushop.com

TO SOUNDTRACK
Η επένδυση και όλα τα μουσικά κομμάτια της σειράς που γράφτηκαν για αυτό το μυθιστόρημα αποτελούν δημιουργίες του David J. Franco και είναι διαθέσιμα σε ψηφιακή μορφή και σε CD από το StergiouShop.com.

STERGIOU LIMITED
Suite A, 6 Honduras Street, London EC1Y 0TH, United Kingdom
Web: stergioultd.com, Email: info@stergioultd.com

***

ΠΕΡΙΕΧΟΜΕΝΑ

***

ΑΝΤΙ ΕΙΣΑΓΩΓΗΣ

Μερικές κριτικές

Το μυθιστόρημα αυτό γράφτηκε το 1970 και πρωτοκυκλοφόρησε το ίδιο έτος. Απέσπασε πολλές κριτικές από λογοτέχνες και βιβλιοκριτικούς της εποχής. Επανακυκλοφόρησε το 1992. Παρατίθενται μερικές σύντομες κριτικές από σημαντικούς κριτικούς και λογοτέχνες της εποχής αυτής για την πρώτη έκδοση:

Κωνσταντίνος Αθ. Διαμάντης (γενικός διευθυντής Γενικών Αρχείων του Κράτους): «...Το βιβλίο «Τα Βράχια» έχει απ' όλα. Είναι και ποίημα και μουσική και ζωγραφιά και φιλοσοφία, αλλά είναι, γενικά, μια θεώρηση της ομορφιάς της ζωής και της δημιουργίας. Την ομορφιά, βέβαια, δεν την εννοώ Απολλώνια και γαλήνια και ατάραχη, όπως στην απόλυτή της κατάσταση κοντά στο Θεό, αλλά την εννοώ αγωνιζόμενη δραματικά, εκεί που παλεύει με τις αντίθετες δυνάμεις για να πλάσει και να ανέβει σκαλί - σκαλί την ουρανοστήρικτη κλίμακα της πορείας του ανθρώπου προς το Απόλυτο, του δυσκολοανέβατου δρόμου της ομοιώσεως προς το Θεό...».

Μπάμπης Δ. Κλάρας (δημοσιογράφος–βιβλιοκριτικός): «...Αλληγορία με νόημα, γραμμένη σε ιδιότυπο ύφος ποιητικού συμβολισμού...» (εκτενής κριτική στη «Φιλολογική Βραδυνή» στις 7 Ιουνίου 1970 και υπό τον τίτλο «Από το χώρο του Θεανθρώπου ως την απλή ζωή, έργα ανθρώπινης αγάπης»).

Γεώργιος Αθανασιάδης – Νόβας (Λογοτέχνης, πολιτικός, πρώην πρωθυπουργός): «Τα Βράχια σας είναι εμποτισμένα με ποίηση. Συγχαρητήρια».

Ι.Μ. Παναγιωτόπουλος (φιλόλογος –λογοτέχνης): «Είστε όλο φλόγα, όλο ορμή δημιουργίας, αγαπητέ κύριε Στεργίου. Η πεζογραφία σας είναι χτίσιμο. Η ποίησή σας είναι έμπνευση. Λυρισμός και πεζογραφία καμωμένα με τόση ανοιχτοχεριά...».

Γεώργιος Κ. Σταμπολής (Λογοτέχνης): «Θα ήθελα να σας συγχαρώ για το μυθιστόρημά σας «Τα Βράχια».

Τάκης Χατζηαναγνώστου (Λογοτέχνης): «…Μού έκανε εντύπωση η επίμονη αναζήτηση, από μέρους του ήρωα, της αλήθειας στη ζωή. Πολύ σωστά, αυτή την αναζήτηση την περάσατε μέσ΄ από τον έρωτα, κι ας καιροφυλακτούσε πίσω η αίσθηση του θανάτου. Άλλωστε, ο έρωτας κι ο αθάνατος είναι δυναμικές συντεταγμένες, που η διασταύρωσή τους εξισορροπεί το νόημα Ζωή και τη διάρκειά της στο διηνεκές. Πολύ μού άρεσε ο συμβολισμός των βράχων. Σας σφίγγω το χέρι. Προπάντων, γιατί απ' την πρώτη σας σελίδα ως την τελευταία μείνατε πιστός σε μιαν ολότελα δική σας στάση, δίχως υποχωρήσεις…».

* * *

Η υπόθεση με λίγα λόγια

Ο Κωνσταντίνος Οστάς, 36 ετών, καθηγητής Πανεπιστημίου, περνά τις διακοπές του στο χωριό του, στο αγροτόσπιτο της γυναίκας του, με την οικογένειά του. Ένα αυγουστιάτικο ζεστό μεσημέρι, στις 13 Αυγούστου, παίρνει τα βιβλία του και το αρχείο του και ξαπλώνει στην αυλή του σπιτιού του κάτω από τη βαθύσκιωτη κληματαριά. Εκεί, κατακλύζεται από σκέψεις, οι οποίες γίνονται έντονες αναμνήσεις που τον φέρνουν πίσω ακριβώς δώδεκα χρόνια στο ίδιο μέρος.

Οι αναμνήσεις του αρχίζουν από την ημέρα που, ως πτυχιούχος Πανεπιστημίου, επισκέπτεται το σπίτι της συγχωριανής του Ελένης στο χωριό του, η οποία είναι φοιτήτρια της Φιλοσοφικής Σχολής του Πανεπιστημίου Αθηνών και με την οποία είχε γνωριστεί στενότερα πριν από δύο χρόνια. Τότε άρχισε μια ιδιαίτερη αλληλεκτίμηση, η οποία εξελίχθηκε σε μιαν αμοιβαία, αλλά χωρίς συνέχεια αγάπη.

Την Ελένη είχε ερωτευθεί παράφορα ο γιος του μεγαλοκτηματία του χωριού, ο Γιάννης Κωστούλας, αλλά η Ελένη τον απέρριψε διακριτικά. Στη συνέχεια ο Γιάννης επεδίωκε να «συνάψει σχέσεις» και με την αδερφή της Ελένης, την Αλεξάνδρα, μαθήτρια, η οποία κι εκείνη τον απέρριψε! Αυτή η συμπεριφορά της Ελένης και της Αλεξάνδρας μετέτρεψε τον έρωτα για την Ελένη σε μίσος κατά του Κωνσταντίνου, όταν έμαθε πως ήρθε στο χωριό και πήγε κατ' ευθείαν στο σπίτι της και στη συνέχεια πήγαν μαζί εκδρομή στα βράχια...

Οι αναμνήσεις του καθηγητή από την αγάπη του για την Ελένη, τη συμπεριφορά του Γιάννη και του βοσκού του, δηλαδή του παλιάνθρωπου Μήτρου, καθώς και από τις συζητήσεις με έντονο λυρισμό και αλληγορία για τον έρωτά του με την Ελένη καλύπτουν τα πρώτα εννιά κεφάλαια του μυθιστορήματος. Δηλαδή, «εγκιβωτίζεται το παρελθόν στο παρόν»!

Οι αναμνήσεις αυτές διακόπτονται αιφνιδιαστικά όταν έρχεται στο μυαλό του η σκηνή της τραγωδίας στα βράχια, δηλαδή ο θάνατος από την πτώση στα βράχια της Ελένης και του Γιάννη. Ο Κωνσταντίνος, ύστερα από δύο χρόνια από το θάνατο της Ελένης, παντρεύεται την αδερφή της, την Αλεξάνδρα, σε εφαρμογή της τελευταίας επιθυμίας της Ελένης προς τον πατέρα της όταν ξεψυχούσε και απέκτησαν από το γάμο αυτό μια κόρη, η οποία είναι τώρα δέκα ετών και την οποία ονόμασε Ελένη. Ο άρχοντας Κωστούλας, μετά το θάνατο του γιου του, του Γιάννη, διέθεσε τη μισή κτηματική περιουσία του στην περιοχή των βράχων στην Εκκλησία και την άλλη μισή στην Κοινότητα του χωριού. Αυτή τη μισή κτηματική περιουσία της Κοινότητας στα βράχια αγόρασε με διαγωνισμό πριν από ένα χρόνο ο Κωνσταντίνος.

Στα επόμενα κεφάλαια, παρουσιάζεται πάλι λυρικά και αλληγορικά η κάθαρση. Ο Μήτρος, καταδιωκόμενος από τις τύψεις του αποκαλύπτει στον καθηγητή, τον Κωνσταντίνο, ότι η τραγωδία στα βράχια πριν από δώδεκα χρόνια δεν ήταν «ατύχημα», αλλά σχέδιο εξόντωσής του, το οποίο κατέστρωσαν εκείνος και ο Γιάννης.

Ο καθηγητής, ύστερα από όλα αυτά, αποφάσισε να μοιράσει τα κτήματα που είχε εκείνος αγοράσει στους ακτήμονες του χωριού του δίδοντας μάλιστα δέκα στρέμματα στον Μήτρο, το φονιά της Ελένης, της αγαπημένης ! Επίσης, με χρήματα ενίσχυσε την Κοινότητα να χτίσει σχολείο με πέτρα από τα βράχια, τα οποία ισοπέδωσε και στη θέση τους δημιουργήθηκε κήπος...

* * *

Σύμβολα και λέξεις
που κυριαρχούν στο κείμενο

Στο κείμενο κυριαρχούν, επαναλαμβανόμενα, πολλά σύμβολα, που αφορούν κυρίως στα σημεία στίξης:

1. Το θαυμαστικό (!): Συμβολίζει τον θαυμασμό ή την ικανοποίηση από μια διαπίστωση ή την αποκάλυψη ή την επιβεβαίωση ή την επαλήθευση.

2. Το θαυμαστικό με τρεις τελείες (!...): Σημαίνει πως οι πρωταγωνιστές προμηνύουν ασύνειδα, κάτι κακό για τους ίδιους και τους άλλους.

3. Τρεις τελείες (...): Σημαίνει ότι η συζήτηση ή το θέμα ή η υπόθεση θα έχει συνέχεια.

Επίσης, στο κείμενο κυριαρχούν πολλές λέξεις με έντονο λυρισμό και αλληγορία:

1. Αγάπη

2. Αητός

3. Άνθρωπος

4. Άνοιξη

5. Ασφόδελοι

6. Αυγή

7. Βράχια

8. Ευτυχία

9. Ζωή

10. Θάνατος

11. Ίσκιος

12. Λαγκάδα

13. Λύρα

14. Μίσος

15. Μουσική

16. Σκοτάδι

17. Τραγούδι

18. Τροπάρι

19. Φεγγάρι

20. Φωνή

21. Φως

22. Χαρά

23. Χρόνος

Ακόμα, στο κείμενο γίνεται, αλληγορικά, αναφορά σε πρόσωπα και σκηνές κυρίως από την ελληνική μυθολογία με την οποία παρουσιάζεται διαχρονικά, με λυρισμό και συμβολισμό, η δύναμη του Έρωτα και της Αγάπης από τη βαθιά αρχαιότητα έως σήμερα.

* * *

ΠΡΩΤΟ ΚΕΦΑΛΑΙΟ

Αναμνήσεις στην αυλή του σπιτιού
ένα αυγουστιάτικο μεσημέρι

ΑΤΕΛΕΙΩΤΟ το εφετινό καλοκαίρι. Θα πάω να ξαπλώσω κάτω από την κληματαριά, να διορθώσω ένα νέο βιβλίο μου και να τακτοποιήσω το απέραντο αρχείο μου. Εδώ κάτω από την καρπισμένη κληματαριά, όπως πριν από δώδεκα χρόνια ακριβώς. Παραμονές της Παναγιάς, του δεκαπενταύγουστου, του πανηγυριού στο χωριό μου...

– Τα βράχια, τα βράχια δεν τα πρόσεξες!

Ήταν μια φωνή που άκουγα πάντα σ' αυτό το πλατυγιάλι. Μα, οι φωνές δεν λένε πάντοτε την αλήθεια. Έχουν ξεχωριστό περιεχόμενο και σκοπό. Στο ύψος των βράχων δεν αναζήτησα το νόημά τους. Πρόσεξα μόνο ότι είναι το βάθρο του Χρόνου.

Χρόνια τώρα έβλεπα τα βράχια αυτά. Νόμιζα πως ήταν μονοκόμματα, πως στην κορφή τους δεν είχαν θέση να καθίσω, πως αγέρωχα και σκληρά κοίταζαν άγρια το πλατυγιάλι, χώνονταν στις συννεφιές και ειρωνεύονταν τις βροχοστάλες. Είχα φτάσει στα πόδια τους και έπεσαν στα πόδια μου πολλά χαλίκια, δικές τους πετρούλες που είχαν πέσει στο ριζό τους και περίμεναν κι άλλα στην κατηφόρα.

Ήταν μια φωνή που άκουγα πάντα σ΄ αυτό το πλατυγιάλι.

Έως τώρα, τα βράχια ήταν ένας όγκος στη λαγκάδα. Η φωνή μού έλεγε να βρω κάποια αλήθεια, μια τιμή σε μιαν εξίσωση με άγνωστο το Χρόνο. Τα βράχια ήταν ο μαυροπίνακας.

Έπρεπε να προχωρήσω, διότι μόνο αυτό σημαίνει δύναμη!

Τα σημεία –θετικά ή αρνητικά – δεν τα έβλεπα και τόσο καθαρά. Εκεί θα εύρισκα την αλήθεια, κάτι που δεν έρχεται σε σύγκρουση με την πραγματικότητα κι ας έμενα στον ίσκιο τους, κι ας ήμουνα στα πόδια τους ένα μικρό χαλίκι, ένας προσκυνητής στο ύψος τους!

Έπρεπε να προχωρήσω, διότι μόνο αυτό σημαίνει δύναμη!

Το καλοκαίρι, στην ερημιά και στην κάψα ακούγεται καλύτερα μια φωνή μέσα στους αχνούς από το καμίνι της ημέρας. Η ημέρα είναι ένα χρώμα του Χρόνου. Ο ίσκιος των βράχων μεγάλωνε καθώς η πύρινη σφαίρα μίκραινε στο βουνοπροσκέφαλο. Τα κύματα τρέχανε γοργά, έρχονταν και φιλούσαν την ακρογιαλιά, άφηναν κάποιο ήχο (σα μυστικό στην ποδιά της) και προσκύναγαν στα πόδια μου. Οι ίδιοι είμαστε προσκυνούντες και προσκυνούμενοι, βράχια το ένα πάνω στ' άλλο χωρίς τελειωμό, με αρκετό βάθρο στην κορυφή για να βάζουμε κάποιο άγαλμα χωματένιο, ένα ψέμα.

Τότε θυμήθηκα το χειμώνα, τη φουσκοθαλασσιά, τα ψάρια. Και τα τρία αυτά είναι κύκλοι υπάλληλοι σ' ένα μεγάλο κύκλο, τον κύκλο του Χρόνου. Η ζωή είναι άθροισμα κύκλων, όπου στο ύψος τους βρίσκουμε καθαρό καθρέφτη, το πλατυγιάλι μ' όλους τους κύκλους του. Μένει τώρα η ακτίνα κάθε κύκλου. Η αχτίνα της Ζωής είναι πάντοτε κάτω από ένα φακό. Δεν είναι ποτέ αληθινή. Αν ήταν αληθινή δεν θα υπήρχαν άλλοι κύκλοι, δεν θα υπήρχαν άλλα βράχια στη λαγκάδα, δεν θα υπήρχαν τα κύματα στο πλατυγιάλι. Ο χρόνος είναι προσδιοριστικός. Κι όμως, θα μπορούσε να μην υπάρχουν τα βράχια. Τα βράχια δεν είναι πραγματικότητα; Τα βράχια δεν είναι αλήθεια;

Τότε ένιωσα τον ίσκιο τους να με τραβάει από τα μαλλιά μου, το κύμα να χτυπά τα πόδια μου σα να' θελε να τα ξεκολλήσει από τα μικρά βράχια, λιθαράκια, της ακροθαλασσιάς, να τα σπρώξει, να τα δυναμώσει.

Έπρεπε να προχωρήσω, διότι μόνο αυτό σημαίνει δύναμη!

Εχανα το φως της ημέρας. Και το φως είναι ένας άγνωστος όρος που βγαίνει σε συνάρτηση με δύο γνωστούς, δηλαδή την ημέρα και τα μάτια. Τώρα η πλάση συνερχόταν από τα χτυπήματα της πύρινης σφαίρας, τώρα έβλεπα στο σκοτάδι, που θα ερχόταν, άλλο σκοτάδι, πιο βαρύ, πιο βαθύ, πιο πυκνό, κάποιο όγκο που τού σκέπασε τις χάρες η νύχτα, χωρίς τη φωνή του αητού. Αν έβρισκα στο σκοτάδι κάποιο φως, αυτό θα ξεγύμνωνε ακόμα περισσότερο το ψέμα του πρόσκαιρου. Το φως το δειγμένο, το δοσμένο δεν το χρησιμοποίησα ποτέ αμέσως. Κι αν έσβηνε στη μέση το δρόμου (ψέμα) πώς θα προσαρμοζόμουνα στο πυκνό σκοτάδι που δεν το περίμενα; Είναι κι αυτό ένα άγνωστο Φ (ως). Δεν ζήτησα ποτέ την αλήθεια στην «αλήθεια». Εγώ πάντοτε συνάντησα το ψέμα, όταν στο σταυροδρόμι μού λέγανε το όνομά της. Την αλήθεια βρήκα στο τέλος πολλών δρόμων. Τα βράχια ήταν για όλους μια «αλήθεια»; Ήταν και η φωνή στο πλατυγιάλι μια αλήθεια της «αλήθειας» ή το ψέμα του «ψέματος»;

Έως τώρα, η μόνη αλήθεια είναι ότι προχώρησα αρκετά.

Έπρεπε να προχωρήσω, διότι μόνο αυτό σημαίνει δύναμη!

Ήμουνα όμως ακόμα στο δρόμο. Ένα ξερόρεμα με έκανε να σταματήσω. Τότε τού είπα τον «επικήδειο»! Είδα τα ερείπια κάποιας ζωής. Το ρούφηξαν στόματα μεγάλα και λαίμαργα. Αλλά, κι αυτά είχαν μείνει τώρα ανοιχτά από τη δίψα κι έγινε τάφος τους η απληστία. Τί είναι η Ζωή; Η Ζωή είναι τροφή μιας άλλης, πιο δυνατής, και ύστερα ο θάνατός της. Είναι ένας κύκλος (μικρός ή μεγάλος) γεμάτος από άλλους κύκλους με διάφορα χρώματα. Μπορούσε να είχε μόνο γραμμές πράσινες, κόκκινες και γαλάζιες. Όταν υπάρχουν αυτές οι γραμμές δεν υπάρχουν και τα βράχια. Τότε η Ζωή είναι αγροτόσπιτο χωρίς τον ίσκιο των βράχων. Τραβώ από την κοιλιά του ξεραμένου χειμάρρου μια σκεβρωμένη και κατάξερη, με χίλιες μαχαιριές, χωματένια πλάκα από σκασμένο από την ξηρασία χώμα. Ο κύκλος της ζωής είναι στα χέρια μου! Είναι μια μορφή που λες πως δεν είχε ποτέ Ζωή, πως πετάχτηκε εκεί χωρίς σκοπό. Περπάτησα πατώντας τους κύκλους της Ζωής, τις ξεραμένες γλώσσες της, το πεθαμένο ρέμα. Κάτι σα φωνές ακούγονταν στα πόδια μου, σα στεναγμοί! Έσπαγαν οι σκεβρωμένες , χωμάτινες, σκασμένες χωματένιες πλάκες. Πέταξα μία. Έγινε κομμάτια. Ήταν μια φωνή βγαλμένη από χώμα, νερό και μεγάλη ζέστη!

Από εκεί πρωτοπέρασα εδώ και έξι χρόνια. Τότε δεν πήγαινα στα βράχια. Πήγαινα για πρώτη φορά στο αγροτόσπιτο του κυρ Βασίλη με την όμορφη κόρη του, την Ελένη. Όχι, δεν πήγα εκεί από υστεροβουλία. Πήγα εκεί διότι με γοήτευαν η περιοχή, η λαγκάδα, το αγροτόσπιτο του κυρ Βασίλη και οι συζητήσεις μαζί του κυρίως γύρω από την ιστορία, τις παραδόσεις και τα έθιμα του χωριού μας. Τελευταία φορά πέρασα πέρυσι τον Απρίλη. Τότε έφυγα από το αγροτόσπιτο ενθουσιασμένος και με μια δύναμη που συνεχώς θέριευε! Δεν είχα σκοπό να μη ξαναγυρίσω. Ούτε κατάλαβα πώς πέρασαν τόσοι μήνες. Τότε τα σπερδούκλια1 στις άκρες του δρόμου υποκλίνονταν στη βιάση μου, σα να' θελαν να φράξουν τη στράτα για να με κρατήσουν στη λαγκάδα τους.

Θυμάμαι πως σταμάτησα. Σταμάτησα στη ρεματιά που αργόσβηνε. Στο ξύλινο γιοφύρι ακούμπησα για να κοιτάξω τη σπερδουκλιοσκεπασμένη λαγκάδα. Ένα πράσινο σεντόνι σκέπαζε τις ρεματιές της, τις καμπύλες της. Στους δυο λοφίσκους αργοβάδιζαν τα πρόβατα σα να χάιδευαν στήθια παρθένας που λιγώνεται στο πρώτο άγγιγμα. Τα πρόβατα έδιναν ζωή στα σωθικά της λαγκάδας, κριτσάνιζαν τα βλαστάρια της και αφηνόταν (η λαγκάδα) ξέγνοιαστη στις διαθέσεις των άσπρων συντρόφων της.

Τότε θυμήθηκα και το Γενάρη και την «προφητεία» μου. «Προφήτεψα» το τέλος της ρεματιάς, τις χωματένιες πλάκες της, την ξερή κοιλιά της. Τη λαγκαδιά χαιρόμουνα για τους καρπούς της, για τη ζωή που πάντα κρατούσε στα σπλάχνα της, που δυνάμωνε και θέριευε με τις πρώτες ψιχάλες τα σπαρτά της. Της ρεματιάς «προφήτεψα» το θάνατό της. Της λαγκαδιάς «προφήτεψα» τους καρπούς της κι ας δέρνονταν από τις βροχοκαταιγίδες. Οι καλαμιές κρύβουν τους καρπούς που έδωσε ο θάνατός τους. Για τη ρεματιά γεννήθηκε ο θάνατος για να πεθάνει η κίνηση, να σταματήσει ο ρόγχος της, ν' αρχίσει η σιωπή. Και τώρα που την ποδοπάτησα, στενάζει κάτι που κάποτε ήταν όρθιο. Δεν σκέφτηκε πως θα περνούσαν άλλοι όρθιοι! Εγώ τότε πάτησα το γιοφύρι της που το στήριζαν οι ώμοι της. Σήμερα πατώ τα ξεραμένα σπλάχνα της, διότι «προφήτεψα» την ξερασιά της.

Έπρεπε να περάσω, διότι μόνο αυτός ήταν ο στόχος μου!

Τα βράχια με περίμεναν. Δεν ξέρω αν άκουσε τότε τους στίχους μου η ρεματιά. Ίσως να πρόσεξε μόνο τους στίχους της βροχής. Αυτή, η βροχή, ήταν η τροφή της! Θα τους ξαναπώ κι ας είναι πεθαμένη!

Νεροσουρμής θολόνερο,
σαν φύγει ο χειμώνας
πού θα σε βρω την άνοιξη
που βγαίνουν τα λουλούδια,
ν' αλλάξω τη μορφή σου
μ' ένα μπουκέτο απ' αυτά,

μ' αυτά να παιχνιδίζεις;
Ποταμού γοργόνερο,
σαν έρθει καλοκαίρι
στα πεταμένα βότσαλα
της ξεραμένης κοίτης
θα ξαπλώσω, εκεί που ήταν
βάθος και σε έτρεμα,
που σε έβλεπα τόσο σκληρά
να σέρνεις του αγύριστου
το δρόμο!

Αχρείαστο μού ήταν τώρα το γιοφύρι. Σα να κρέμονταν άχαρα βραχιόλια από τα χέρια χλωμής, νεκρής, αλλά πολύ όμορφης κόρης, σα να προσπαθούσε να ενώσει δύο πονεμένες αγκαλιές. Στα ξύλινα πόδια του γιοφυριού είχαν πιαστεί πολλά ξερόχορτα, ξερόχορτα που έσερνε περήφανα στη βαρυχειμωνιά το φουσκωμένο ρέμα. Ριζώματα, θάμνοι, ξερόξυλα ακολουθούσαν σαν αιχμάλωτοι το θολόνερο που άφηνε στη λαγκάδα ένα βουητό, μια φωνή που τρόμαζε καθώς έβγαινε από τα άγρια κύματά του. Είναι το γνώρισμα μιας τυχαίας και προσωρινής δύναμης που ξεθυμαίνει στον εαυτόν της, στην καταστροφή της. Τότε είδα και την αδυναμία μιας δύναμης, το ρεζίλι μιας ορμητικής διάθεσης, τη σπατάλη της αγριάδας, το αποτέλεσμα από ένα τέτοιο τελειωμό: την πραγματική δύναμη, τη Ζωή!

Στο μεθύσι της δύναμης είπα τους στίχους μου, ξέροντας ότι το αποτέλεσμα της μέθης έχει δύο όψεις: μια για το μεθυσμένο και μια γι' αυτούς που δεν κάμφθηκαν στην ορμή του:

Ανήμπορα στης ρεματιάς
το κύμα να παλέψουν τα σπαρτά.
Κι έμεινε η κοκκινόλασπη
στο πράσινο λιβάδι.
Εγώ τη γη την έσπειρα
καρπούς για να μού δώσει,
αλλά η χειμωνιά την έκανε
χωρίς ζωή στα σπλάχνα της!
Αγριομάλλα ρεματιά,
της χειμωνιάς βυζάχτρα,

ξεχνάς πως στην ξεκούραση
η δύναμη υπάρχει;
Ξεχνάς πως με το ξερίζωμα
στις ράχες σου θα σέρνεις
ζιζάνια κι αγριόγκαθα
στης θάλασσας το στόμα
να πετάξεις;
Όταν εσύ θα σβήνεις,
και δυνατά και καρπερά
θα γίνουν τα σπαρτά μου.

Ήταν οι τελευταίοι στίχοι της ημέρας. Με τη σιωπή άρχισε και το σκοτάδι να δείχνει τα κυρίαρχα βράχια, κάτι σα γίγαντας στη λαγκάδα, κάτι σα βρικόλακας στη σιωπή, κάτι σα μαύρος όγκος στην άχνα της νύχτας. Ο δρόμος μου ήταν γνωστός. Τόσα χρόνια απλωνόταν στα πόδια μου. Όταν έφυγα για τελευταία φορά άφησα εκεί (στη λαγκαδιά με τα σπερδούκλια) τη σκέψη μου που μού τεμάχιζε τα σπλάχνα μου σα μαχαιριά και λίχνιζε τα όνειρά μου στα ξεραμένα σπερδούκλια. Όλα αυτά τα άφησα στο αγροτόσπιτο της λαγκάδας, λίγο πιο μακριά από τα βράχια, στο πρώτο φως, στο πρώτο χωράφι, όπου έσπειρα της νιότης μου τα όνειρα, στο πρώτο εκείνο Πήλιο[2] για μια Κολχίδα[3] με μια πρόθυμη μάγισσα Μήδεια[4].

Εκεί θα περνούσα το βράδυ μου, εκεί όπου περνούσα όλα τα καλοκαιριάτικα βράδια μου, όλες τις ημέρες τις γιορτινές. Δεν είναι αλάργα από το χωριό μου. Μέσα σε μια εκατοσταριά στρέμματα καλλιεργήσιμης γης είναι χτισμένο το αγροτόσπιτο για τα γεράματά μου και το ξανάνιωμα της σκέψης μου. Εκεί μπορείς να νιώσεις τις χάρες της φύσης και να δεις τις ασχήμιες της στις ώρες της αγρίμιας της. Εκεί, πιο μακριά από τη θάλασσα, εκεί πιο κοντά στα βράχια, εκεί μέσα στη λαγκάδα, εκεί κοντά στο δάσος. Έπρεπε να περάσω τις εφτά βρύσες για να πιω από το νερό τους (τώρα είναι και καλοκαίρι) για να ακούσω το κελάρυσμά τους, για να ακούσω φωνές που θα έρχονταν από τη χώρα των περασμένων. Είχα μπει στη χώρα τους. Το σύνορό τους ήταν το ρέμα!

Το παρελθόν, τη χώρα του, ποτέ δεν απαρνήθηκα, διότι δεν μού ήταν άρνηση. Κι αν πέρασαν τόσοι κύκλοι μπροστά του, αυτό δεν φανερώνει άρνηση. Το παρόν προσπάθησε να αρνηθεί τα περασμένα, τα όνειρά μου, το είδωλο. Δεν μπόρεσε όμως και σταμάτησε ταπεινωμένο στα πόδια του ειδώλου.

Αιώνιο είδωλο, στημένο πάντα στον ίδιο δρόμο, που τώρα ημέρες και νύχτες περπατώ κρατώντας την ψυχή στα χέρια σαν τον Ζέφυρο, δεν σε είδα σ' άλλη μεριά της ξέρας να καθίσεις! Κι όμως, θα μπορούσες. Η Ζωή ξεπήδησε μέσα από την ομορφιά σου και μ' αυτή, σα να ήθελες γεφύρωμα να βάλεις στις όχθες της ρεματιάς, προτίμησες να ενώσεις το χάος. Μ' ακολουθείς παίρνοντας το δρόμο αυτό για να σε βρω στα βράχια. Εκεί είναι η θέση σου. Μ' ακολουθείς παντού, σε βλέπω στημένο μπροστά μου σα να φοβάσai μη σ' αρνηθώ. Κι όμως, ξέρεις, είσαι το είδωλό μου!

Κοιτάς το άπειρο σα να ζητάς να βρεις αυτό που δεν σού λείπει. Πετάς, μού φαίνεται, εκεί όπου ο λογισμός σε κάνει μεγαλύτερο. Μεγαλώνεις όσο ξεμακραίνεις, όμορφος κόσμος αγκαλιάζεται και στη σιωπή σου βρίσκω τη λέξη. Δεν ζήτησα να βρω σ' αυτήν, όπως τήν πρωτάκουσα, το νόημα. Απ' αυτή ζήτησα να δώσει στη συννεφιά το Φως. Κι είχα πάντα Φως! Δεν μού αρνήθηκε τις αχτίδες της χαραυγής, ούτε τη μουσική των παλμών της. Γι' αυτό κι εγώ δίνω αυτό που αυτή, όταν άνοιξε το μπουμπούκι της, μού έδωσε: τη μυρωδιά της!

Τα σύννεφα δεν μπόρεσαν να σκεπάσουν το είδωλο, διότι στον ήλιο είχε τη ματιά του. Αστραποβόλησε η ομορφιά και οι αχτίδες στα πόδια γονάτισαν. Στα σύννεφα έγραψαν με τα πύρινα βέλη το όνομά του ειδώλου, που σκέπασε το θόλο της ψυχής μου. Μέσα στα βράχια χώρεσαν οι αχτίδες, αλλά δεν μπόρεσαν να τον αγγίξουν!

Τώρα το ξαναβρίσκω το είδωλο στο στρατί που θεληματικά πήρα. Η φωνή δεν μού ήταν άγνωστη. Στα βράχια πήγαινα, στη σπερδουκλιοσκεπασμένη λαγκάδα, στο αγροτόσπιτο που τόσο πιθύμησα. Κι ας είχαν γίνει τώρα τα σπερδούκλια το σάβανο της λαγκαδιάς. Ο θάνατος (οποιοσδήποτε θάνατος) είναι η παρεξήγηση της Ζωής, η σφραγίδα της ανάξιας Ζωής.

Τα βράχια έπρεπε να πεθάνουν, διότι ήταν …θάνατος!...

Καλότυχοι οι ζωντανοί που στην κορφή τους φάνηκε το βλαστάρι της ψυχής. Τότε, τί τους χρειάζεται η λησμονιά.

Παραπομπές

[1] **Σπερδούκλια.** *Είναι οι αρχαίοι ασφόδελοι! Είναι φυτό που συναντάται σε λιβάδια, αλλά και σε άγονες και έρημες περιοχές. Οι αρχαίοι φύτευαν αυτά τα λουλούδια δίπλα σε τάφους, σαν είδος προσφοράς στους νεκρούς. Πίστευαν ότι αποτελούσαν τροφή των νεκρών, και πολλά ποιήματα έχουν γραφεί γι' αυτό το έθιμο. Το όνομα ασφόδελος έχει ελληνική ρίζα και σημαίνει σκήπτρο. Ο Αρτεμίδωρος στην Ονειροκριτική του αναφέρει: «Ο ασφόδελος. προμηνύει θάνατο μόνο για τους ασθενείς, όπως έχω συχνά παρατηρήσει. Δεν είμαι σε θέση να εξηγήσω με βεβαιότητα γιατί συμβαίνει αυτό, ίσως γιατί πιστεύεται ότι οι πεδιάδες του Άδη είναι γεμάτες από ασφοδέλους.» Ο Όμηρος μνημονεύει έναν αγρό με ασφοδέλους δύο φορές κατά τη διάρκεια της επίσκεψης του Οδυσσέα στον κάτω κόσμο και ξανά όταν οι ψυχές των επίδοξων μνηστήρων οδηγήθηκαν από τον Ερμή στον κάτω κόσμο. Ο Ησίοδος όμως, περιγράφει τον ασφόδελο ως το εισιτήριο του φτωχού, χωρίς να κάνει νύξη στις προλήψεις που συνέδεαν το φυτό με τον κάτω κόσμο. Ο Λουκιανός επιβεβαιώνει ότι οι Έλληνες πίστευαν ότι υπήρχε στον κάτω κόσμο ένα μεγάλο λιβάδι με ασφοδέλους. Ο Ησύχιος καταχωρεί τον ασφόδελο σαν αρωματικό φυτό του οποίου η ρίζα, σύμφωνα με τον Αρίσταρχο, είναι εδώδιμη.*

[2] **Πήλιο.** *Βουνό στο Νομό Μαγνησίας δίπλα στην πόλη του Βόλου. Κατά την ελληνική μυθολογία ήταν η θερινή κατοικία των θεών και πατρίδα των Κενταύρων.*

[3] **Κολχίδα** *(αρχαία Κολχίς). Αρχαίο βασίλειο και περιοχή στη σημερινή Γεωργία, στα παράλια του Εύξεινου Πόντου. Το αρχαίο βασίλειο της Κολχίδας είχε συνεχείς εμπορικές επαφές με τον ελληνικό κόσμο και υπήρξε κοιτίδα πολιτισμού. Κατά την ελληνική μυθολογία, μυθικός βασιλιάς της Κολχίδας ήταν ο Αιήτης, ο οποίος είχε υπό την κατοχή του το Χρυσόμαλλο Δέρας (βλέπε συνέχεια πιο κάτω).*

[4] **Μήδεια.** *Στην ελληνική μυθολογία, η Μήδεια είναι κόρη του βασιλιά της Κολχίδας Αιήτη και της Ωκεανίδας Ιδυίας ή Εκάτης. Από τη θεία της Κίρκη είχε μάθει την τέχνη της μαγείας, την οποία χρησιμοποιούσε σ' όλη την ζωή της. Όταν ο Ιάσονας, αρχηγός της Αργοναυτικής Εκστρατείας, έφτασε στην Κολχίδα, η Μήδεια τον ερωτεύτηκε και έθεσε στη διάθεσή του όλα τα μέσα της τέχνης της, για να αποκτήσει το Χρυσόμαλλο Δέρας. Ύστερα απ' αυτό ακολούθησε τον εραστή της. Σημειώνεται*

ότι η Μήδεια σκότωσε, μεταξύ πολλών άλλων, τα δύο της παιδιά Φέρητα και Μέρμερο, που είχε αποκτήσει με τον Ιάσονα, ανέβηκε μετά σ' ένα άρμα που το έσερναν φτερωτοί δράκοντες και έφτασε στην Αθήνα, όπου ενώθηκε με τον Αιγέα και απέκτησε το Μήδο. Προσπάθησε όμως να δηλητηριάσει το Θησέα κι έτσι ο Αιγέας την έδιωξε κι εκείνη κατέφυγε κοντά στο γιο της, Μήδο, στην Ασία, στη χώρα που από το όνομά της ονομάστηκε Μηδία. Προς το τέλος της ζωής της κατέβηκε στα Ηλύσια Πεδία, όπου και έγινε σύζυγος του Αχιλλέα.

***

ΔΕΥΤΕΡΟ ΚΕΦΑΛΑΙΟ

Αναμνήσεις: Η επίσκεψη στην Ελένη φούντωσε τον έρωτα

ΗΝΥΧΤΑ, σα να ήθελε να μού φανερώσει το Φως του αγροτόσπι-του, σαν κάποια ελπίδα στην κουρασμένη σκέψη μου, γοργά τύλιγε την πλάση. Πέρασα τις βρύσες που σιγοψιθύριζαν στη σιγαλιά σαν παρά-πονο, σαν άγνωρες φωνές σε γνώριμο χώρο. Κι όμως, πολλές φορές κά-θισα στη δροσερή ποδιά τους, έσκυψα και δρόσισα τα χείλια μου από το υγρό στόμα τους, σαν προσκυνητής στο πέτρινο βωμό τους. Είναι αλήθεια πως ο χρόνος σκεπάζει τα ίχνη του στην επιδρομή. Τότε μένει η σκέψη. Κι εκείνη βγαίνει μέσα από την αντάρα και το ανακάτωμα της σκόνης από το ποδοβολητό της.

Στάθηκα στην τελευταία βρύση που ήταν στο αγροτόσπιτο. Βέβαια, συ-νέχισε να αναβλύζει, να σπρώχνει το νερό στο μικρό αυλάκι που το ίδιο έφτιαξε, κόβοντας το δρόμο λίγο λοξά. Η ματιά μου έπεσε στο μεγάλο πα-ράθυρο, στην αυλή με την κρεβατίνα της κληματαριάς κι ύστερα στα βρά-χια. Κοίταζα τη βρύση που κάτι έβγαζε από τα σπλάχνα της και το έδινε σ' οποιοδήποτε χωρίς διάκριση, με τον ίδιο τρόπο, με το ίδιο αιώνιο χαμό-γελο του δροσερού στόματος. Τα βράχια είχαν, βέβαια, κάποιο ύψος, εί-χαν κάποιο χρώμα, το δικό τους ίσκιο, τη δικιά τους υπερηφάνεια. Ήταν όμως θρόνος για τον αητό. Στα πόδια του θαρρούσες πως έσκυβαν το ψηλό τους ανάστημα.

Τα βράχια, τα βράχια τώρα πρόσεξες. Ίσκιος στον ίσκιο της νύχτας.

Πάλι άκουσα την ίδια φωνή, τη φωνή που άκουσα στο πλατυγιάλι. Τα βράχια στέκονταν βουβά προσπαθώντας να σκορπίσουν τον τρόμο με τον ίσκιο τους. Με τη δανεισμένη φωνή του αητού δείχνουν το μεγάλο αδει-ανό ύψος τους. Το ύψος είναι βασανιστήριο της ιδέας, το εργαστήρι της αλλοφροσύνης, το σκαμνί της δυστυχίας, το χάνι του αιμοβόρου, το αμόνι όπου σφυροκοπιέται η αξία. Από εκεί μικραίνουν τα μικρά και μεγαλώ-νουν τα μεγάλα. Τα Καυκάσια βράχια είναι το πέτρινο βασανιστήρι του

Προμηθέα[1]. Στο ύψος στήνονται οι σταυροί!

Με το πέσιμο της ημέρας στήνεται το δίχτυ της νύχτας και μαζί μ' αυτό ανασταίνονται στο πυρωμένο εργαστήρι της οι σπίθες. Οι σπίθες πετιούνται με το χτύπημα από το βασανισμένο σώμα του σίδερου και δείχνουν όλες μαζί τα μαζεμένα παλιοσίδερα που θα ακολουθήσουν τη μοίρα των προηγούμενων στο αμόνι του σιδηρουργού. Τα σχήματα δεν με ενδιαφέρουν. Με ενδιαφέρει το πυρωμένο σίδερο που θα σβήσει βουτώντας το στο νερό. Οι φουσκάλες που βγαίνουν είναι τα τελευταία ξεψυχίσματα. Ύστερα είναι έτοιμο το σίδερο να γίνει εργαλείο για δουλειά. Η νύχτα βοηθάει στην εκτίμηση του φωτεινού. Τα βράχια ήταν ίσκιος. Από το αμόνι τους πετιούνται σπίθες, που φτάνουν στο πλατυγιάλι και σταματούν στο αγροτόσπιτο. Εκεί πάνω, άρα, κάτι βασανίζεται, κάτι στενάζει από τα ξεσχίσματα του αητού, από τα χτυπήματα του μάστορα!

Ακούγονται στο λιθόστρωτο της αυλής τα βήματά μου μέσα στη νύχτα σα να συνοδεύουν τη μονότονη φωνή του γκιώνη στα κοντινά δέντρα. Μηνύματα από τις σκεπασμένες με μαύρο πέπλο ζωές, προορισμένες να φτερουγίζουν μόνο την ημέρα, ανακατωμένες μαζί με άλλες χωρίς νόημα για νεκροθάφτες. Μα, στο φτερούγισμα δεν ζήτησα ποτέ τη δύναμη, διότι μπορεί να είναι αητού ή ακρίδας. Στις φτερούγες δεν βρίσκονται οι αξίες, διότι μπορεί να είναι κέρινες. Υπάρχει και ο ήλιος: Τότε η θάλασσα γίνεται τάφος. Μετά, το φτερούγισμα μόνο στο ύψος εντυπωσιάζει. Τι πρόσφερε στο πετροσπαρμένο ξερόμερο; Μήπως οι φωνές αυτές βγαίνουν από το πλάκωμα της νύχτας; Μήπως το νυχτιάτικο θρόισμα είναι μοιροτράγουδο και τα δειλά φτερουγίσματα η σκληρή πραγματικότητα;

Έφτασα στο γνώριμο, με πολλές θύμησες, σπίτι. Ακολούθησε το χτύπημα της πόρτας. Η πόρτα δεν είναι τοίχος φτιαγμένος από πέτρα και λάσπη. Η πόρτα είναι είσοδος και έξοδος. Η αξία της δεν βρίσκεται στο χρώμα της. Η αξία της βρίσκεται πίσω απ' αυτή. Τί να τον κάνω εγώ τον τοίχο που κρατάει τις νεροσουρμές και θεριεύουν ακόμα περισσότερο; Η μαζεμένη δύναμη ξεσπά στα θεμέλια. Τότε το ύψος γέρνει!

– Ποιος είναι;

Ήταν η φωνή τόσο γνώριμη, όσο και η δική μου. Και οι δύο φωνές αντηχούσαν στις βελανιδιές, όταν αγκάλιαζε τη ζωή η ξεγνοιασιά.

– Κωνσταντίνος Οστάς, απάντησα.

Σα να βουβάθηκε η λαγκαδιά, το σπίτι σα να πάγωσε και με το κρακ – κρακ της πόρτας ένα βλέμμα, που θύμιζε τη βιβλική γυναίκα του Λωτ[2], καρφώθηκε πάνω μου.

– Καλησπέρα, Ελένη!

Τα χείλια της μόλις σάλεψαν, σα να προσπαθούσαν να διώξουν τη σκουριά που άφησε ο χρόνος σ' αχρησιμοποίητο σίδερο.

– Ω, ο Κωνσταντίνος!

Δεν έχει τόση δύναμη ο λίγος χρόνος ν' αλλάξει τη μορφή. Στο διάβα του, βέβαια, αφήνει τα σημάδια του. Σωριασμένα κορμιά δέντρων, χορταριασμένοι τοίχοι κι αμπαρωμένες φωνές είναι τα ίχνη του.

– Έχεις δίκαιο, Κωνσταντίνε. Μ' αιφνιδίασε ο ερχομός σου.

– Αυτό σημαίνει πως δεν με περίμενες. Γι' αυτό και ήρθα! Αν θα περίμενες θ' αργούσα! Ο χρόνος μαζεύεται και τεντώνεται πατώντας ένα κουμπί: περιμένω!

Γέλασε! Περπατούσαμε στο διάδρομο που οδηγούσε στον πατέρα της, το Βασίλη Σκράκο. Ναι, ήταν βήματα στη χώρα των περασμένων. Τα βήματά μας ακολουθούν κάποια παλιά στον ίδιο χώρο, την ίδια λωρίδα. Πηγαίναμε σιγά , σιγά. Μήπως όμως την αρνήθηκε τη λωρίδα;

– Καλώς μάς ήρθες, Κωνσταντίνε. Έφυγες κι έριξες μαύρη πέτρα πίσω σου!

Έτσι με καλωσόρισε, με ένα πλατύ χαμόγελο και μεγάλη χαρά.

– Καλησπέρα, κύριε Σκράκο, κύριε Βασίλη.

Έτσι τον χαιρέτισα και έσπευσα να φιλήσω το χέρι του. Η Ελένη μού έδωσε καρέκλα να καθίσω κοντά στον πατέρα της που ήταν στο κρεβάτι. Χλωμό πρόσωπο που με τα κάτασπρα μαλλιά θύμιζαν ασκητή.

– Κοντεύουν δύο χρόνια, Κωνσταντίνε, παιδί μου!

Σηκώθηκε λίγο, με κοίταξε με ένα ερευνητικό βλέμμα κι ύστερα περιεργαζόταν τα χέρια του. Δεν ξέρω τι να συλλογιζόταν τη στιγμή αυτή. Κάποιος κόμπος ανέβαινε και δεν άφηνε τη φωνή να βγει από τα βάθη ενός κόσμου που του πλάκωνε την ψυχή!

– Μού φαίνεται πως πέρασαν αιώνες από τότε που έφυγες!

Αυτή την παρέμβαση έκανε η Ελένη, κάπως συλλογισμένη. Ύστερα, με κοίταξε μ' ένα χαμόγελο ανακατωμένο με χαρά που αργόβγαινε από τα περασμένα. Δεν αρνήθηκε, λοιπόν, τη χώρα τους. Δεν θα μπορούσε να την αρνηθεί!

– Ασβέστωμα η σκέψη σου στον παλιότοιχο, Ελένη;

Σα να αιφνιδιάστηκε. Κούνησε το κεφάλι της σα να ήθελε να δικαιολογήσει την παρατήρηση. Δεν μιλούσε. Μάντεψα πως δεν ήξερε από πού ν' αρχίσει. Ο κυρ – Βασίλης καθόταν στο κρεβάτι του κι όλο με κοιτούσε με ένα βλέμμα χαράς και ανακούφισης! Τι να τα κάνεις τα λόγια σ' αυτές τις περιπτώσεις; Οι εικόνες σού είναι αρκετές!...

– Θα πάω να ετοιμάσω κανένα αναψυκτικό.

Σηκώθηκε η Ελένη και νόμιζες ότι δεν πατούσε στη γη! Είναι οι φτερωτές στιγμές Ζωής. Τότε τις νιώθει κανείς, όταν ακούς και εσύ το ανάλαφρο πέταμα. Είναι ουσία της Ζωής η ελεύθερη κίνηση. Τα καλούπια είναι ο θάνατός της. Δεν μπορούσα να καταλάβω τη ροή του χρόνου σε τόσο μικρό χώρο. Οπωσδήποτε θα άφησε τη σφραγίδα του. Η σφραγίδα δεν πιάνει όλο το χαρτί. Ύστερα, στο γενικό πλάνο όλα μένουν ίδια. Ο χρόνος τα κινεί, αλλά δεν πέφτουν ή πέφτουν και στη θέση τους μπαίνουν άλλα. Δράκοντες σπαρμένοι από τον Ιάσονα[3]. Σπέρνοντας δρακόδοντα έσπερνε το θάνατό του! Αλλά, τελικά τον νίκησε τον θάνατο! Βρήκε τη δύναμη ή του πρόσφεραν τη δύναμη; Είναι το «κάτι» στη Ζωή και στον θάνατο. Η κίνηση του χρόνου, λοιπόν, δεν αρκεί. Αυτό αποδείχτηκε. Ίδιες εικόνες, ίδια σύμβολα πέφτουν και ξανασηκώνονται ντυμένα μόνο με τη σκόνη του χρόνου. Η ιστορία είναι η κόρη του χρόνου, η οποία κρατά έναν μεγάλο καθρέφτη. Ο χρόνος είναι μάρτυρας! Ο χρόνος δεν σέρνει, ο χρόνος σέρνεται! Ο χρόνος δεν έχει σταθμούς. Ο χρόνος έχει πλάκες επιτάφιες για σημάδια. Και είναι αυτά μόρια που στάθηκαν στην τροχιά του και πετάχτηκαν στο κενό.

Αυτά σκεπτόμουνα σα να ήξερα πως η σκέψη μου θα έφερνε και τη φωνή της Ελένης καθώς τοποθετούσε τα αναψυκτικά μπροστά μου σ' ένα τραπεζάκι, τον στρογγυλό ξύλινο σοφρά.

– Τόσοι μήνες πέρασαν, είπε η Ελένη.

– Τόσοι, όσα είναι τα μόρια που κάθισαν στην τροχιά του χρόνου χωρίς σημασία, απάντησα.

– Τώρα θυμήθηκα τί μπορεί να έχει για σένα σημασία! Μπορώ να μάθω όμως κάτι που έχει μεγάλη σημασία, Κωνσταντίνε;

– Βεβαίως, Ελένη!

– Πού ακριβώς την έριξες τη μαύρη πέτρα, είπε η Ελένη για να πειράξει!

– Δεν θυμάμαι! Πάντως... κάποιες πέτρες με ξαναφέρανε! Μια φωνή που πάντα άκουγα στο Πλατυγιάλι, είπα.

– ... Πέτρες!

Έτσι, κάπως σαστισμένη, απάντησε η Ελένη. Ήμουνα ένας απροσδόκητος επισκέπτης στη χώρα όπου έζησα, όπου μεγάλωσα, όπως είδα το Φως της Ζωής. Τίποτε δεν άλλαξε! Ο χρόνος είναι μόνο λάσπη! Μπορούσε να έχει για την Ελένη άλλη σημασία η λέξη. Το είδα στο πρόσωπό της. Γι' αυτό σταμάτησα.

– Κωνσταντίνε, δεν πιστεύω να μάς φύγεις αμέσως, είπε ο κυρ – Βασίλης.

– Αύριο θα πάμε μαζί στο κτήμα, πετάχτηκε στη συζήτηση η Ελένη.

– Θυμάσαι τη βρυσόλακκα με τις θημωνιές και τις καλαμιές, συμπλήρωσε.

– Βέβαια! Θυμάμαι τους αχυροσωρούς, τις ξεραμένες καλαμιές, την παρακμή τους, τον θάνατο, την ξεκούραση της γης μετά τον καρπό της.

Έτσι απάντησα. Όμως αυτές οι λέξεις πειράξανε τον οικοδεσπότη και πετάχτηκε...

– Τα πάντα «ματαιότης»!

– Όχι, κυρ – Βασίλη, είπα. Τα πάντα «εικονικότης»! Ένας πίνακας με σταφύλια γινωμένα και καρπούζι σφαγμένο στα δύο. Κρέμονται και τα δύο από το ίδιο καρφί. Διαφορετικά χρώματα, βλέπετε, και τέχνη. Μεγάλο θέατρο η Ζωή με πολλούς ηθοποιούς και ρόλους.

– Ο τάφος δεν φανερώνει τη ματαιότητα, διερωτήθηκε ο κυρ – Βασίλης.

– Όχι, κυρ – Βασίλη. Η ματαιότητα είναι το αποτέλεσμα της εικονικότητας. Ο τάφος δεν είναι ματαιότητα. Ο τάφος είναι το τέλος του ρόλου. Διότι, τότε η Ζωή θα ήταν στάσιμη, ακίνητος ηθοποιός στην αυλαία. Επομένως, ηθοποιοί χωρίς ρόλους. Εικόνα, λοιπόν!

– Δεν μπορώ να το καταλάβω αυτό, Κωνσταντίνε, μού είπε!

– Εγώ που δεν μιλάω είμαι εικόνα;

Έτσι μπήκε στο διάλογο και η Ελένη, η οποία άκουγε όλα αυτά με μεγάλη προσοχή και οποία είναι πολύ καλή συζητήτρια, όπως και ο πατέρας της.

– Πάντα ήσουνα εικόνα! Κι όταν μιλήσεις περισσότερο ακούγεται ο ... υποβολέας, είπα για να την πειράξω!

– Τότε φταίει ο ... υποβολέας, είπε γελώντας η Ελένη.

– Τότε είμαστε και οι δύο μαζί πάνω στην αυλαία, συμπλήρωσα.

Με χτύπησε στις πλάτες. Το τελευταίο τη γέμισε με πίστη, όπως και πρώτα!

Αυτό μ' αρέσει περισσότερο από τα παλαμάκια. Στα παλαμάκια το ακροατήριο βρίσκει το νεκροθάφτη του. Οι ρόλοι τέλειωσαν! Μένουν οι σκιές!

Αυτό πρόσθεσα με ικανοποίηση. Η ζέστη είναι διαβολική. Ούτε φύλλο δεν κουνιόταν.

— Κύριε Σκράκο, θα έρθετε να καθίσουμε κάτω από την κρεβατίνα της κληματαριάς, έξω στην αυλή, τον ρώτησα.

— Κάνει ζέστη, παιδιά μου. Ημερομηνία[4] έχουμε. Πηγαίνετε εσείς. Εγώ θα ξαπλώσω.

Σηκώθηκα. Η Ελένη με το βελούδινο χέρι της έπιασε το δικό μου και βγήκαμε στη φεγγαρόλουστη αυλή, εκεί όπου η κληματαριά δεν έριχνε την παρδαλή σκιά της. Εκεί, κοντά στις τριανταφυλλιές και τον σκεπασμένο από το μεθυστικό από την ευωδία αγιόκλημα μαντρότοιχο, είναι το μόνιμο τραπεζάκι με τις τρεις καρέκλες. Βαριοφορτωμένη η κληματαριά από σταφύλια που λαμποκοπούσαν στο φως του φεγγαριού.

— Τι θα πιούμε, ρώτησε η Ελένη.

— Εγώ, πάντως, θα ήθελα έναν καφέ, απάντησα.

— Τότε θα κάνω δύο, θα πιω κι εγώ μαζί σου, συμπλήρωσε.

Έμεινα μόνος στη φεγγαρόλουστη αυλή. Οι καλαμιές αντηχούσαν από τα κουδούνια των προβάτων, ακούγονταν γαυγίσματα σκυλιών από τα γρέκια[5] και κάπου , κάπου φωνές βοσκών και σφυρίγματα. Η καλαμιά άσπριζε μέσα στη νύχτα και μόνο τα χαντάκια με τα ψηλά καλάμια ξεχώριζαν σα γραμμές μαύρες σ' άσπρο πίνακα. Δεξιά, τα βράχια, σχεδόν στη μέση της λαγκάδας (το σπίτι είναι ακριβώς στο δρόμο που οδηγούσε στο αγρόκτημα και στην αρχή, στην άκρη, κοντά στο βελανιδόδασος) μοιάζανε μ' ένα τεράστιο πετροσωρό φτιαγμένο για να κοιτάζει κανείς γύρω , γύρω, σ' όλες τις μεριές.

— Έτοιμοι και οι καφέδες μας, είπε χαρούμενα η Ελένη.

— Τόσο γρήγορα βράσανε! Έτσι, τής είπα πειράζοντάς την.

– Έβαλα δυνατή φωτιά! Αχ, την έπαθα! Άργησα ήθελες να πεις...

Ήταν μια αθώα αντίδραση στο πείραγμά μου.

–Πόσο εύκολα βράζει το νερό σε δυνατή φωτιά και πόσο ύστερα κρυώνει πάνω σε κρύα στάχτη που κάποτε ήταν φωτιά με φλόγες που έγλειφαν τον πάτο του δοχείου σα γλώσσες. Κι αυτό, διότι αντιδρώντας στο μεθύσι του βρασμού προσπαθούσε κάποιος να τις σβήσει με το ίδιο κοχλασμένο νερό. Τώρα στενάζει κάτω απ’ αυτό που κάποτε είχε κοκκινίσει. Στη βρασιά κολλάει το σίδερο, λένε. Ύστερα κρυώνει.

– Όπως και ο καφές! Στη ζεστασιά του νιώθεις την ευχαρίστηση, συνέχισε η Ελένη.

– Είναι ζεστή η ατμόσφαιρα, Ελένη!

– Πότε θα επιστρέψεις στην Αθήνα, Κωνσταντίνε;

– Σε δέκα ημέρες θα αναχωρήσω. Χτες μόλις ήρθα στο χωριό!

– Θα φύγουμε μαζί! Έχω δύο μαθήματα να διαβάσω για τον Οκτώβριο. Πάντως, θα καθίσεις μερικές ημέρες μαζί μου!

– Βεβαίως! Τί αξίζουν τόσο λίγα μόρια μπροστά σε μια τόσο ωραία εικόνα!...

– Τότε να σε φιλήσω!

– Και ποιος σ’ εμποδίζει!

Ναι! Κάτω από την κληματαριά, κοντά στα τριαντάφυλλα, στο Φως του φεγγαριού με φίλησε. Δεν ήταν, βέβαια, η πρώτη φορά! Η Ελένη έδειχνε την αγάπη της προς εμένα με δύο τρόπους: Μ’ ένα φιλί και με τη σιωπή. Σήμερα προτίμησε το φιλί. Ένα φιλί αυθόρμητο, αθώο, φιλικό! Ήταν η σφραγίδα μιας ανείπωτης χαράς, γιατί όχι και μεγάλης ευτυχίας! Καθώς την βλέπω τώρα να με κοιτάζει στο Φως, στις κινήσεις των ματιών της και στο χαμόγελο λάμπει κάτι. Όχι, τίποτε δεν άλλαξε στη χώρα των περασμένων. Ευτυχία στη χώρα των βράχων! Βλάστησε και κάρπισε ο σπόρος που έσπειρα στη λαγκάδα με τα σπερδούκλια!

– Αύριο θα πάμε στις καλαμιές, στις βρύσες, στα βράχια, φώναξε χαρού-
μενα και δυνατά. Θα ξεκινήσουμε πρωί – πρωί για να μας βρούνε οι πρώ-
τες αχτίδες στα βράχια, συμπλήρωσε.

– Ζητάς κάτι που έρχεται σε αντίθεση μ' αυτό που ζης τώρα. Αν ήτανε χει-
μώνας, θα ζητούσες λιακάδα στη λαγκάδα με τα σπερδούκλια. Τώρα ζη-
τάς τη δροσιά! Τώρα ζητάς ακόμα να αναστήσεις ένα πρωταπριλιάτικο
πρωινό στη χώρα των βράχων.

– Θέλω να ξαναζήσουμε αυτό το πρωινό. Με τις αχτίδες στηρίξαμε της
ευτυχίας το βάθρο, στήσαμε το άγαλμα της χαράς και γράψαμε τη λέξη
«αγάπη» εκεί όπου συντρίφτηκε το μίσος, εκεί όπου άκουσα τους στίχους
σου και εσύ τους δικούς μου. Εμπρός, Κωνσταντίνε! Τι σκέφτεσαι;

– Τότε ήταν άνοιξη, απάντησα.

– Για μένα ήταν χειμώνας!... Η Ζωή στην ορμή της λυσσασμένης εποχής.
Κι ήρθαν οι αχτίδες σου!

– Στη Ζωή σου φάνηκα πιο νωρίς. Από τότε που θεωρούσες τις σκέψεις
μου και τα λόγια μου ως μίσος!

– Στο σκοτάδι οι φλόγες κάνουν περισσότερο φωτεινό αυτό που πρώτα
δεν έβλεπες, οι αστραπές είναι αναλαμπές στην καταιγίδα, οι βροντές εί-
ναι η αντίθεση της βουβής ατμόσφαιρας, είπε η Ελένη.

–Το «ενδιαφέρον» είναι μίσος, η «αδιαφορία» είναι αγάπη! Γνωρίζεται
το «ενδιαφέρον» με την ... αδιαφορία και η αδιαφορία με το ... «ενδια-
φέρον»!

–Η αδιαφορία σου για το ενδιαφέρον μού έφερε την αγάπη για σένα, για
τον κόσμο όλο, ενώ το «ενδιαφέρον» για την αδιαφορία μού έδειξε το
δρόμο που με φέρνει πάλι στην αγάπη.

–Στο «ενδιαφέρον» τι κρύβεται; Το μέσο για ένα σκοπό! Στην αδιαφορία
για το «ενδιαφέρον» κρύβεται το ξεσκέπασμα του μέσου. Στο «ενδιαφέ-
ρον» για την αδιαφορία τι κρύβεται; Κρύβεται ο εγωισμός, ύστερα το μί-
σος και μετά: σιχάθηκα!

Με αυτή την επισήμανσή μου η συζήτηση «άναψε», όπως και η αγάπη. Την είδα στο όμορφο πρόσωπό της, στα μεγάλα, γεμάτα χαρά, μάτια της, στα διψασμένα για φιλί χείλια της.

– Ακριβώς, όπως και στον έρωτα, είπε. Ο έρωτας είναι μέσο για ένα και μοναδικό σκοπό: για την ικανοποίηση του εγωισμού, για το γέμισμα των ελεύθερων ωρών... πρόσθεσε.

– Ο έρωτας φυτρώνει μαζί με τον πόθο, η αγάπη φυτρώνει στον τάφο του πόθου. Τότε μιλάμε για αγάπη. Τότε ξεσκεπάζουμε τον έρωτα, συμπλήρωσα.

– Πώς μπορούμε να βρούμε τον πραγματικό σκοπό, Κωνσταντίνε;

– Στο «μέσον».

– Και το «μέσον»;

– Στο «ενδιαφέρον».

– Πότε πεθαίνει το «ενδιαφέρον»;

– Όταν αχρηστεύεται το «μέσον».

– Πότε αχρηστεύεται το «μέσον»;

– Όταν δεν έστρωσε το κρεβάτι για έρωτα!

– Και η αγάπη;

– Όταν βρεθεί στο ίδιο σημείο, αλλά από άλλους δρόμους! Τότε ταυτίζεται με τον έρωτα. Τότε πεθαίνει μ' αυτόν. Άρα δεν ήτανε αγάπη!

– Η αγάπη δεν πεθαίνει;

– Η αγάπη δεν πεθαίνει. Η αγάπη φυτρώνει και μεγαλώνει με την ψυχική αρμονία του ανθρώπου. Τότε έχουμε την ταυτότητα: Αγάπη = Άνθρωπος!

– Ναι, η αγάπη δεν πεθαίνει. Μόνο κοιτάζουν όλοι για να τη σκοτώνουν!

– Ξεχνάς πως στο μπουμπούκι κάθονται και βλαβερά έντομα;

– Ω, Κωνσταντίνε! Πόσες φορές παρουσιάζεται για μέλισσα...

– Που πεθαίνει μαζί με το κεντρί της, με το μίσος της...

– Θυμάμαι που καθόσουνα στο βράχο και κοίταζες τα λιβάδια και το μακρινό γιαλό. Θυμάμαι τους στίχους σου. Τώρα θα τους πω εγώ:

Άνοιξη, που ήρθες
στου λιβαδιού μου απλοχωριά.
Σα θα ξανάρθω να σε βρω
στο δικό μου άρμα
στη χαρά,
στην ευτυχία,
στην αιωνιότητα, θα πάμε.

Δεν μίλησα. Έβαλε πλώρη ο χρόνος και με τα κουπιά του χτυπούσε το κύμα που ήθελε να τον καταπιεί. Φλόγες ζώσανε το είδωλο, έτοιμες να το λιώσουν με τη δύναμή τους. Και παρουσιάζονται πολλοί, πολλοί δρόμοι, όσοι και οι φλόγες. Κόλλησε η γλώσσα μου στον ουρανίσκο. Των χεριών το βάρος τραβούσε το σώμα μου στη γη για να πάρει δύναμη στην ξεκούραση. Θόλωσε η ματιά μου στο χορό των ματιών της. Εκείνη δεν έχασε τίποτε απ' αυτά που τής είχαν δώσει. Φωνή ακούστηκε μέσα από τη θέρμη, καθαρή σα τον χρυσό, δυνατή σαν της καμπάνας τον ήχο. Το ίδιο είδωλο, η ίδια πηγή. Είδα στο νερό τη θωριά της. Δεν ήταν σιωπηλή. Μού μίλησε όπως και πρώτα. Τί κάθομαι! Το είδωλο στολίστηκε με τριαντάφυλλου πέταλα και ραντίστηκε με μέλισσας χρυσόσκονη.

– Στου λόγου τη γλυκάδα μη δίνεις σημασία, απάντησα.

– Όχι, σ' αυτό που μένει από της Ζωής το ζύμωμα.

Ναι, η απάντηση αυτή της Ελένης ήταν μια φωνή από τη χώρα των περασμένων. Αυτό ακριβώς είχαμε πει εκείνο το πρωινό.

– Λάμπεις περισσότερο τώρα, Θεά, στις φλόγες σου. Κόκκινο το βάθρο σου σαν της καρδιάς μου το δώρο!

– Δείλιασες, Κωνσταντίνε;

– Πλανεύτηκα, Θεά, στου κόσμου σου το χάος. Κι όμως τα λόγια σου τα βρίσκω στο στρατί, στο ίδιο το στρατί!

– Κωνσταντίνε, άγνωστο στρατί στην ευτυχία μας δεν υπάρχει. Τί σημασία έχει αν εμείς το σκεπάζουμε με βάτα; Όπου κι αν πάμε, η δύναμη της μυρωδιάς της θα μας τραβάει και στην καταχνιά δεν θα ξεχάσουμε το όνομά της, στη σκοτεινιά δεν θα κάνουμε λάθος στην εικόνα της.

– Θεά μου, δεν σ' αρνήθηκα που πήρα άλλο δρόμο. Δοκίμασα αν θα σε ξαναβρώ κάνοντας αυτόν τον κύκλο...

– Στη χώρα με τα σπερδούκλια, στα βράχια, συμπλήρωσε.

Είχε δίκιο η φωνή στο πλατυγιάλι. Η φωνή που πάντα μού έλεγε να προσέχω τα βράχια.

– Ναι, στη χώρα των βράχων, όταν σκάνε στο βουνό οι ηλιαχτίδες, συμπλήρωσα.

– Πάντα έβλεπε στις αχτίδες της χαραυγής να ανασταίνεται ο κόσμος. Αντίκριζα το πρώτο χαμόγελο της ημέρας, τόνισε.

– Για να τελειώσει μ' ένα πικρό , πικρό μειδίαμα σα σκοτεινιάσει, Ελένη μου.

– Κωνσταντίνε μου, του καλού, του αγαθού, του αθάνατου το γνώρισμα είναι δοκιμασία. Πικρό δειλινό γι' αυτούς που το πρωινό χαμόγελο δεν άντεξε στην ξεκούραση και στο κάμα της Ζωής. Τα άσπρα συννεφάκια στον ορίζοντα φανερώνουν το ίδιο γλυκό χαμόγελο μιας Ζωής που ήταν όλη λιακάδα. Λιακάδα διότι άντεξε και σκόρπισε τα χειμωνιάτικα μολυβένια σύννεφα. Η ουσία της Ζωής. Ξεκινάει από το πράσινο λιβάδι, περνάει από τα βράχια και, αν ξαναγυρίσει, θα βρει πάλι την άνοιξη. Η ουσία της Ζωής είναι η ψυχική αρμονία, η ηρεμία, η γαλήνη.

– Και η ισοπέδωση των όγκων!

– Ω, ναι, Κωνσταντίνε! Στον πέτρινο όγκο χαράξαμε τη λέξη «μίσος».

Πρέπει να ανακατωθεί με τα συντρίμμια, να γίνει συντρίμμια, να εξαφανιστεί!!!

– Στρογγυλεμένο βότσαλο που δεν κάθεσαι στο ίδιο μέρος, πέφτεις στης θάλασσας το βάθος, κάτω από το Φως. Όγκος με διάφορα χρώματα που εμποδίζει το Φως για λίγο. Αυτό είναι το μίσος.

– Καλέ μου, πώς στο χορό των λογισμών τα μάτια σου συμμετέχουν, πώς στο χορό των ηλιαχτίδων της ψυχής σου φαίνεται η αξία της;

– Καλή μου, η αυγή είναι το διυλιστήριο των βραδινών σκέψεων. Είναι το χαμόγελο για τις σκέψεις που ξεπήδησαν με το χάσιμο της θαμπής θωριάς της δύσης. Η αυγή,

κάθε αυγή, καθαρίζει τις βραδινές ιδέες και προσπαθεί να βρει τις αξίες. Χαμογελούμε γι’ αυτές που σερβιρίστηκαν για να περάσει το βράδυ, να κρατηθεί το βράδυ σε καλούπια τέτοια φτιαγμένα μόνο για το σκοτάδι!

Με κοίταζε παράξενα. Κατάλαβα τους λογισμούς της. Στο φεγγαρόφωτο τα μαλλιά της χρύσιζαν, σκέπαζαν τους ώμους της και γλύκαιναν ακόμα περισσότερο το ωραίο πρόσωπό της. Στα μεγάλα γραμμένα μάτια της έβλεπα ακρογιάλια να φιλοξενούν κάποια Αργώ[6]. Δεν μιλούσε. Ρούφηξε τον καφέ της, σύρθηκε κοντά μου, έπιασε σφιχτά τα δύο μου χέρια, μού χάιδεψε τα μαλλιά, πλησίασε τα μάτια της στα δικά μου σα να ήθελε να τα διαβάσει.

– Έχεις δίκιο, Κωνσταντίνε! Η αυγή είναι το διυλιστήριο! Σού χρειάζεται, καλέ μου! Μού χρειάζεται, ψιθύρισε.

– Είναι μια δοκιμασία στο ζύμωμα της Ζωής, είπα κάνοντας μια στροφή.

– Καλέ μου, πώς στα χέρια σου ο κόσμος κουνιέται και κινιέται, πώς στις σκέψεις σου βρίσκω τις δικές μου;

– Στις σκέψεις μου βρίσκω την αλήθεια. Ναι, την αλήθεια. Αυτή σού έδειξα το πρωί, αυτή συνάντησα το πρωί. Αυτό είναι το διυλιστήριο. Στις φωνές βρίσκεται η απάτη, στις κορφές η εκμετάλλευση, στο πλατυγιάλι ο κόσμος όλος που στενάζει από τα βροχόνερα που ρίχνονται στα μάτια του. Τότε, φταίει το ίδιο το πλατυγιάλι για τις φουρτούνες του, για τα ψάρια του για το … βυθό του!...

– Κωνσταντίνε, τα βράδια θέλουν να ζήσουν. Η τροφή τους είναι οι αναμνήσεις.

– Τα βράδια είναι καπνός σκέψεων που βγαίνουν από κάποιο βωμό, συνέχισα.

– Από το βωμό της ψυχής, καλέ μου.

–Από το βωμό της ψυχής που τον σκεπάζει το δειλινό με σφάγια για θυσίες σε ανύπαρκτους θεούς, ανύπαρκτες αξίες, ανύπαρκτες χαρές, ανύπαρκτα αγαθά. Τα σφάγια δεν είναι εξιλέωση. Τα σφάγια είναι το «μέσον» για να σκεπαστεί ο βωμός της ψυχής των ανθρώπων, να στενάζει στο βάρος, να φλέγεται και να πυρώνεται μαζί με τα θύματα που νόμισαν πως είναι … θύτες!

– Κατάλαβα! Σκέψεις για σκέψεις… βραδινές από πρωινές … σκέψεις, πρόσθεσε η Ελένη.

– Ακριβώς!

– Κι αν οι πρωινές σκέψεις και ιδέες αντικρίσουν το λυκόφως, ρώτησε.

– Τότε, δεν ήταν αληθινές και άξιες. Όλα γκρεμίζονται και μένει μόνο ένα: «Αγαπάτε Αλλήλους», απάντησα.

– Αυτός είναι βωμός αληθινός;

– Ναι! Πάνω σ' αυτόν πέφτουν τα θύματα ως σφάγια όχι για την αγάπη, αλλά για το μίσος. Αυτή είναι η καθαρή σκέψη. Τα βράχια είναι βωμός για θυσίες στο θεό του μίσους. Το «Αγαπάτε Αλλήλους» είναι «μέσον» για τις θυσίες…

– Είναι όμως ο αστραφτερός βωμός όπου πάνω χτίζεται η ευτυχία. Είναι ο μοναδικός βωμός όπου στηρίζεται η ανθρωπιά. Τότε τί χρειάζονται τα βράχια, οι πέτρινοι αυτοί όγκοι, διερωτήθηκε προφητικά…

– Διότι δεν υπάρχει ανθρωπιά, καλή μου. Σκοποί καπνισμένοι, αδικίες, πάθη, αίματα, απογοητεύσεις ξεκινούν από εκεί και τελειώνουν στο άγχος. Μια ιδέα με πολλές όψεις. Διαφορετική για τον καθένα. Όπως μας συμφέρει. Δυνατοί ανίσχυροι οι σφετεριστές της ανθρώπινης αδυναμίας. Τότε οι φωνές είναι κραδασμοί της ανισομέρειας. Η φωνή του αητού στα βράχια, ο φόβος για τις άλλες ... φωνές!

–Και οι γρύλλοι που ακούμε στη νυχτιά, ρώτησε.

– Είναι, Ελένη μου, το πικρό παράπονο για το σκοτάδι. Το περίεργο είναι πως ακούγεται στο σκοτάδι. Δείγμα πως σκοτεινιάζει. Τί να το κάνεις το φεγγαρόφωτο; Φως με δόσεις για να μη γκρεμιστείς στα κακοτράχαλα μονοπάτια χρειάζεσαι! Ύστερα, είναι και η συνήθεια. Συνηθίζεις τόσο καλά που η επανάληψη αυτή, όπως λέει ο Αριστοτέλης, «δημιουργεί ψυχικές καταστάσεις»!

– Έρχεται όμως το πρωινό, παρατήρησε.

– Για μας, ναι. Για τους πολλούς είναι επανάληψη και διαδοχή βραδινών και πρωινών στιγμών.

Έχει περάσει αρκετή ώρα. Κοντεύουν μεσάνυχτα. Δώδεκα παρά ένα. Κοίταξα το ρολόι μου.

– Τι ώρα είναι, Κωνσταντίνε;

– Δώδεκα.

– Αύριο θα ξυπνήσουμε πρωί. Πρέπει να κοιμηθούμε.

– Εγώ να ξαπλώσω εδώ στην αυλή, πρότεινα.

– Τότε θα κοιμηθώ κι εγώ έξω!

– Όπως θέλεις, πρόσθεσα.

– Κάνει πολλή ζέση μέσα, παρατήρησε.

– Δεν φοβάσαι τα κουνούπια, ρώτησα.

— Θα βάλουμε κουνουπέλαιο, είπε με νόημα!

— Τώρα κατάλαβα τί ήθελες να πεις με το κουνουπέλαιο!

— Αφού υπάρχει κουνουπέλαιο δεν χρειάζεται η κουνουπιέρα!

— Καλά , καλά, κοιμήσου τώρα χωρίς κουνουποενοχλήματα!

— Με ένα φιλί όμως;

— Να σού ετοιμάσω κάτι να φας, ρώτησε.

— Ευχαριστώ πολύ. Δεν πεινάω καθόλου. Το απόγευμα έφαγα. Για το πρωί μόνο να ετοιμάσουμε κάτι.

Κάθισα μόνος μου στην αυλή. Το φεγγάρι συνέχιζε να στέλνει το Φως στην πλάση και να σκεπάζει τη γύμνια των βράχων. Δεν ήθελα να συνεχίσω τις σκέψεις μου. Άφησα τον εαυτό μου ελεύθερο. Κοίταζα γύρω χωρίς σκοπό. Δεν άλλαξε τίποτε. Είναι όλα ίδια όπως τα άφησα. Ένας κόσμος που έκρυβε τη στέγνη του. Μόνο το αγροτόσπιτο θαρρούσες πως είχε μέσα του τον πραγματικό κόσμο. Η χώρα των περασμένων με κράτησε στα χέρια της. Η φωνή στο πλατυγιάλι μού έλεγε μιαν αλήθεια. Στα βράχια θα την εύρισκα. Το νήμα το πήρα από την Αριάδνη του αγροτόσπιτου. Ήταν η Ελένη, η Ελένη μου! Η Ελένη που ένιωσε τα πρώτα σκιρτήματα κοντά μου. Τα σημείωσα στο χαρτί και της τα έδωσα. Όλα αυτά φανέρωναν την αγάπη για τον κόσμο, για τη Ζωή, για τον άνθρωπο, για μένα.

—Ο πατέρας μου κοιμάται. Εδώ νιώθει πιο ξεκούραστο τον εαυτό του μέσα στην ησυχία και τη χαρά που τού έδωσες απόψε!

Κατάλαβα ότι όλα αυτά ήταν μια γλυκιά πρόφαση! Η Ελένη ήθελε να είναι κοντά μου...

—Είναι ώρα τώρα για ανάπαυση, είπα. Είναι ένας λαμπρός άνθρωπος ο κυρ Βασίλης, επεσήμανα. Δεν το κρύβω (θα ήμουνα αχάριστος) πως με βοήθησε να σταθώ όρθιος τότε που ο βοριάς φυσούσε άγρια. Μού χάραξε τα πλαίσια αυτά που έπρεπε να κινηθώ και μού έδωσε τις βάσεις εκείνες για να χτίσω. Πάντα μού έλεγε τη γνωστή ρήση του Μενάνδρου[7]: «Ως χαρίεν έστ᾽ άνθρωπος, αν άνθρωπος η» (= πόσο χαριτωμένο πράγμα είναι ο άνθρωπος, όταν είναι άνθρωπος).

– Η χαρά του, Κωνσταντίνε, είναι απερίγραπτη από τότε που σε είδε.

Πάντα ρωτούσε για σένα και μάλιστα ανησυχούσε για την απουσία σου, συνέχισε με γλυκύτατη διάθεση να είμαστε συνεχώς μαζί!

– Όπως κι εγώ για σας, Ελένη μου.

– Με την απουσία σου και την εξαφάνισή σου! Θα μού πεις πως είχες πολλές δουλειές και τρεξίματα. Δεν πειράζει. Θα τα πούμε αύριο. Τώρα ας πούμε καληνύχτα.

– Καληνύχτα, καλή μου!

Τώρα άρχισε να φυσάει λιγάκι το αεράκι. Μια δροσερή αύρα χάιδευε τα πρόσωπά μας που ήταν ακριβώς απέναντι. Με κοιτούσε σιωπηλή καθώς ήταν πεσμένη στο κρεβάτι. Ένιωθε τη χαρά μαζί με την ευτυχία, όπως κι εγώ τη δική της ευτυχία με το δικό μου όνειρο. Αυτό θα σκεφτόταν όταν χαμογελούσε και ο ύπνος τής σφράγισε τα μάτια, όχι όμως και τα χείλια της. Είναι το αιώνιο χαμόγελο της ευτυχίας που βγαίνει μέσα από την αρμονία. Ο ψεύτικος κόσμος χάθηκε από μπροστά της, πέρασε από τα μάτια μου και βυθίστηκε στη θάλασσα της αιωνιότητας!

Παραπομπές

[1] **Προμηθέας** *(στην αρχαία ελληνική «Προμηθεύς»). Ήταν, κατά την ελληνική μυθολογία, μεγάλος προστάτης των ανθρώπων, ο θεός του πολιτισμού, αυτός που τους βοηθούσε πάντα και τους υποστήριζε ακόμα και θυσιάζοντας τον εαυτό του. Δυο φορές ο Προμηθέας έγινε αφορμή να δημιουργηθεί το ανθρώπινο γένος. Την πρώτη φορά που ο Προμηθέας έσωσε τους ανθρώπους ήταν τότε που η γη ήταν ρημαγμένη από την Τιτανομαχία κι έρημη από ζωή. Ο Προμηθέας, με διαταγή του Δία, πήρε χώμα και νερό και έπλασε τους ανθρώπους. Ύστερα, βλέποντάς τους να ζουν σαν αγρίμια, τους χάρισε, κρυφά από το Δία, τη φωτιά, που την έκλεψε από τους θεούς και την έφερε στη γη κρυμμένη σ᾽ ένα καλάμι! Με τις συμβουλές του, οι άνθρωποι έμαθαν τη δύναμη και τη χρήση της φωτιάς, έκαναν εφευρέσεις και προοδεύ-*

σανε τόσο πολύ που ακόμη κι ο Ζευς τους φοβήθηκε. Για δεύτερη φορά ο Προμηθέας γλίτωσε από τον αφανισμό το ανθρώπινο γένος, τότε που ο Δίας έκανε τον Κατακλυσμό. Μετά την κλοπή της φωτιάς, κυρίως, ο Δίας πραγματικά φοβήθηκε για την εξουσία του κι αποφάσισε να εκδικηθεί τον Προμηθέα. Και τον καταδίκασε σ' ένα φριχτό μαρτύριο. Πρόσταξε το Κράτος και τη Βία να τον πιάσουν και, με αλυσίδες άσπαστες, να τον δέσουν σ' ένα βουνό, τον Καύκασο. Εκεί, ένας αετός πήγαινε κάθε πρωί, ξέσκιζε τις σάρκες του Τιτάνα κι έτρωγε το συκώτι του, που κάθε νύχτα ξαναγεννιόταν. Κι αυτό το βασανιστήριο θα ήταν αιώνιο, αν κάποτε δεν περνούσε από εκεί ο Ηρακλής. Αγανακτισμένος με την απάνθρωπη τιμωρία του σωτήρα των ανθρώπων, σαΐτεψε τον αετό κι ελευθέρωσε τον Προμηθέα.

2 Λωτ. Ήταν γιος του Αρράν (Αράν) και ανιψιός του Αβραάμ. Στην Καινή Διαθήκη αναφέρεται από τον Ιησού, όπου προβάλλει το αρνητικό παράδειγμα της συζύγου του Λωτ, η οποία δεν υπάκουσε στην εντολή του αγγέλου να μη γυρίσει πίσω το κεφάλι της για να δει την καταστροφή των Σοδόμων και έγινε στήλη άλατος...

3 Ιάσονας (στην αρχαία ελληνική «Ιάσων»). Ήρωας, κατά την ελληνική μυθολογία, που ηγήθηκε της Αργοναυτικής Εκστρατείας. Υπενθυμίζονται σχετικά οι ακόλουθες προηγούμενες παραπομπές: Πήλιο. Βουνό στο Νομό Μαγνησίας δίπλα στην πόλη του Βόλου. Κατά την ελληνική μυθολογία ήταν η θερινή κατοικία των θεών και πατρίδα των Κενταύρων. Κολχίδα (αρχαία Κολχίς). Αρχαίο βασίλειο και περιοχή στη σημερινή Γεωργία, στα παράλια του Εύξεινου Πόντου. Το αρχαίο βασίλειο της Κολχίδας είχε συνεχείς εμπορικές επαφές με τον ελληνικό κόσμο και υπήρξε κοιτίδα πολιτισμού. Κατά την ελληνική μυθολογία, μυθικός βασιλιάς της Κολχίδας ήταν ο Αιήτης, ο οποίος είχε υπό την κατοχή του το Χρυσόμαλλο Δέρας (βλέπε συνέχεια πιο κάτω). Μήδεια. Στην ελληνική μυθολογία, η Μήδεια είναι κόρη του βασιλιά της Κολχίδας Αιήτη και της Ωκεανίδας Ιδυίας ή Εκάτης. Από τη θεία της Κίρκη είχε μάθει την τέχνη της μαγείας, την οποία χρησιμοποιούσε σ' όλη την ζωή της. Όταν ο Ιάσονας, αρχηγός της Αργοναυτικής Εκστρατείας, έφτασε στην Κολχίδα, η Μήδεια τον ερωτεύτηκε και έθεσε στη διάθεσή του όλα τα μέσα της τέχνης της, για να αποκτήσει το Χρυσόμαλλο Δέρας. Ύστερα απ' αυτό ακολούθησε τον εραστή της. Σημειώνεται ότι η Μήδεια σκότωσε, μεταξύ πολλών άλλων, τα δύο της παιδιά Φέρητα και Μέρμερο, που είχε αποκτήσει με τον Ιάσονα, ανέβηκε μετά σ' ένα άρμα που το έσερναν φτερωτοί δράκοντες και έφτασε στην Αθήνα, όπου ενώθηκε με τον Αιγέα και απέκτησε το Μήδο. Προσπάθησε όμως να δηλητηριάσει το Θησέα κι έτσι ο Αιγέας την έδιωξε κι εκείνη κατέφυγε κοντά στο γιο της, Μήδο, στην Ασία, στη χώρα που από το όνομά της ονομάστηκε Μηδία. Προς το τέλος της ζωής της κατέβηκε στα Ηλύσια Πεδία, όπου και έγινε σύζυγος του Αχιλλέα.

4 Ημερομήνια. *Πανάρχαια μέθοδος πρόβλεψης του καιρού για όλο τον ερχόμενο χρόνο. Η διαδικασία απλή: παρατηρούμε τον καιρό του Αυγούστου για 12 πρώτες μέρες, από τις οποίες κάθε μια αντιπροσωπεύει τον καιρό των επόμενων μηνών. Δηλαδή: η πρώτη μέρα θα μας πει για τον καιρό του Αυγούστου, η δεύτερη για τον καιρό του Σεπτεμβρίου, η τρίτη για τον καιρό του Οκτωβρίου κ.ο.κ.*

5 Γρέκι. *Πρόχειρο περίφραγμα για στο στάβλισμα των αιγοπροβάτων (μαντρί).*

6 Αργώ. *Το πλοίο για την Αργοναυτική Εκστρατεία του Ιάσονα στην Κολχίδα, το οποίο κατασκεύασε ο Άργος, ο γιος του Φρίξου, από τον οποίον πήρε και το όνομά του. Ήταν φτιαγμένο από έλατα του όρους Πηλίου, υπό την καθοδήγηση της θεάς Αθηνάς. Είχε πενήντα κουπιά και στην πρύμνη η Αθηνά είχε τοποθετήσει ένα κομμάτι από την ιερή ομιλούσα βαλανιδιά των Δοδόνων.*

7 Μένανδρος. *Αρχαίος Έλληνας θεατρικός συγγραφέας, εκπρόσωπος της Νέας Κωμωδίας. Γεννήθηκε το 342 π.Χ., Αθήνα και πέθανε το 291 π.Χ.*

***

ΤΡΙΤΟ ΚΕΦΑΛΑΙΟ

Αναμνήσεις: Βαθιά χαράματα στο δρόμο προς τα βράχια

– ΚΩΝΣΤΑΝΤΙΝΕ, η νύχτα έφυγε. Το πρωινό μας χαιρετάει στην αυλή με το ευωδιαστό αγιόκλημα.

– Βασίλισσα, τους πετεινούς από τους πύργους σου άκουσα. Πρέπει να φύγω. Κυρά Ρήνη[1], τί με κοιτάς;

– Καλέ μου, ποιο όνειρο τη θωριά μου εμποδίζει; Πόσο γλυκό το όνειρό σου στη γλύκα του ύπνου σου, που γίνεται πιο γλυκός με τα πετεινολαλήματα; Ποιο χαμόγελο διάλεξες από το πρωινό Φως, από τα ροδίσματα της όμορφης κόρης;

– Το δικό σου, καλή μου, που είναι σαν του Αυγερινού!

Με σκέπασε καλύτερα (έκανε και λίγη ψύχρα) κι ένιωσα διπλή ζεστασιά καθώς το απαλό χέρι της μού χάιδευε τα μαλλιά. Τα μάτια μου άνοιγαν σιγά , σιγά κι εκείνη καθόταν κοντά μου, ποιος ξέρει πόση ώρα, και με κοιτούσε σα να μού παραστεκόταν στις τελευταίες μου στιγμές! Κι όμως, τώρα ξεφύτρωναν φέροντας και τους καρπούς της Ζωής, την ουσία της Ζωής μαζί με το λυκαυγές. Δύο χαμόγελα φτιαγμένα και στολισμένα με δροσοσταλίδες που έσταζαν από τριανταφυλλένιο στόμα. Η φωνή της ήταν σα πρωινό μουσικό κελάδημα πουλιών που πέταξαν από τις φωλιές τους και υμνούσαν, τί άλλο, την ευτυχία τους!

– Κωνσταντίνε, θα μού πεις το όνειρο που έβλεπες όταν σού μίλησα;

– Δεν ήταν όνειρο! Ήταν κάτι ανάμεσα από το όνειρο και την πραγματικότητα. Έχεις ακουστά για τον βασιλιά Ανήλιαγο[2];

– Δεν μού το έχεις πει αυτό.

– Ε, λοιπόν, θα σού διηγηθώ την ιστορία αυτή, όπως ακριβώς την άκουσα στην περιοχή της Αιτωλοακαρνανίας, στη χώρα του Τρικάρδου[3], όπως λεγόταν ο βασιλιάς. Αξίζει να την ακούσει κανείς. Είναι μια παράδοση που έχει τις ρίζες της στα βάθη των αιώνων σχετικά με την αρχαία πόλη των Οινιαδών[4] όπου βρίσκεται σήμερα το χωριό Κατοχή[5] στην Αιτωλοακαρνανία.

– Θα μού την πεις την ιστορία αυτή πίνοντας τους καφέδες;

– Καλά, τί ώρα είναι, Ελένη;

– Είναι ακριβώς 4 το πρωί!

Ο κυρ Βασίλης είχε κι εκείνος ξυπνήσει και καθόταν στο κρεβάτι του. Άκουσε τη συζήτηση, τις ετοιμασίες της Ελένης και ανησύχησε για τα βαθιά χαράματα.

– Τί σας συμβαίνει, παιδιά μου; Μήπως σας τσίμπησε κανένα ενοχλητικό ζωντανό στην αυλή;

– Όχι, πατέρα! Ετοιμαζόμαστε να πάμε στη λαγκάδα και στα βράχια, απάντησε η Ελένη.

– Πού είναι ο Κωνσταντίνος;

Πήγα στο δωμάτιό του, τον χαιρέτισα και του χάιδεψα τα κάτασπρα μαλλιά του.

– Σάς ζηλεύω, παιδιά μου, είπε. Είναι χάρμα το αυγουστιάτικο πρωινό. Αν βρείτε τον Μήτρο να του θυμίσετε για το αρνί. Τρεις ημέρες θέλουμε για το Δεκαπενταύγουστο. Τώρα πού είναι εδώ ο Κωνσταντίνος θα το ψήσουμε...

– Καλά, πατερούλη. Μη σηκωθείς τώρα. Είναι ακόμα πολύ νωρίς, παρατήρησε η Ελένη.

– Πότε θα έρθετε, Κωνσταντίνε;

– Το απογευματάκι με τη δροσιά, απάντησα.

– Πήρατε, τουλάχιστον, τίποτε για να φάτε;

– Ναι, πατέρα! Ετοίμασα πολλά, απάντησε η Ελένη.

Οι καφέδες ήταν έτοιμοι. Καθίσαμε γύρω στο τραπεζάκι.

– Λοιπόν, «Τρίκαρδε», ρωτάει η Ελένη

– Μού φτάνει μια! Τώρα θα ξεκινήσουμε. Είναι τέσσερις και μισή. Στις πέντε και μισή βγαίνει ο ήλιος. Μια ώρα δρόμο έχουμε μπροστά μας. Θα σού πω την ιστορία στο δρόμο προς τη λαγκάδα, προς τα βράχια.

– Ωραία, Κωνσταντίνε!

Ήμασταν έτοιμοι. Πήρα τα πράγματά μας, ό,τι χρειαζόταν για μιαν εξοχή, χαιρετίσαμε τον κυρ Βασίλη και ξεκινήσαμε.

– Στο καλό, παιδιά μου, στο καλό!

Έτσι μας συντρόφευσε η φωνή του κυρ Βασίλη μέχρι που ακούστηκε το κλείσιμο της αυλόπορτας.

– Θα «κόψουμε» δρόμο από τη βρυσόλακκα για να πάμε γρηγορότερα στα βράχια, είπε η Ελένη.

– Ελένη μου, την άλλη φορά, θυμάσαι, είχαμε γυρίσει από το στρατί αυτό. Πάμε. Προχωράμε!

Βαδίζαμε σιγά , σιγά. Τα χόρτα έσταζαν από την πρωινή δροσιά και στα πράσινα και κρουσταλλιασμένα φύλλα τους έβλεπες την προσωρινή ομορφιά τους. Το γιόμα θα έχουν κατεβασμένα τα κεφάλια τους στη γη παραπονεμένα, μα και ντροπαλά για την ασχήμια τους και με τα κοτσάνια τους στεγνά να κρύβουν τη Ζωή μόνο μέσα στο χώμα. Απ' τα πολλά νερά που τρέχουν ασταμάτητα, το χώμα είναι νοτισμένο. Τα μικρά χαντάκια είναι σκεπασμένα από τα καλάμια και περικοκλάδες. Πιάσαμε το ριζό της λαγκάδας και «κόψαμε» για τη μικρή λάκκα. Μπροστά, μας είχαμε κατηφόρα. Τα πόδια μας, σα να τα τραβούσε ο δρόμος, ακολουθούσαν. Κατεβήκαμε πηδώντας, τρέχοντας και τραγουδώντας. Βρεθήκαμε στο τέλος της κατηφόρας και στην αρχή της λάκκας. Στο εύκολο βρίσκεται η άνοστη χόρταση! Η καλή της όψη βρίσκεται μόνο στην προσοχή για τις άλλες! Στην κατηφόρα δεν χρειάζεται να δώσεις τα χέρια σου. Δεν ζητιούνται. Στην κατηφόρα περιμένεις να πέσει το θύμα στην απόχη της αγκαλιάς! Στην ανηφόρα, εκεί που σβήνει η ανάσα, ανάβει η φωτιά της θέλησης. Στις φλόγες της πυρώνεται η καρτερία. Στην πέτρα καθίσαμε. Η αυγή δεν φαινόταν ακόμα. Τα μηνύματά της έρχονταν όμως σιγά , σιγά, ένα , ένα. Είχε, βλέπετε, ανηφόρα!

Ανήλιαγοι, τί κάθεστε, έρχεται ο εχθρός σας! Αυτό ήταν το πιο έντονο μήνυμα!

– Σε βλέπω σκεπτικό Κωνσταντίνε! Τί σού συμβαίνει, παρατήρησε η Ελένη!

– Αν λείψει η σκέψη, ξεφεύγει η αλήθεια!

– Ω, ναι! Έχεις δίκιο, Κωνσταντίνε. Θα μού πεις την ιστορία, την παράδοση, το μύθο για τον Ανήλιαγο;

– Βεβαίως! Διότι τώρα δεν έχουμε άλλη κατηφόρα! Ο εύκολος δρόμος για τα πόδια γίνεται δύσκολος για να φτάσει η σκέψη στις σκοτεινές πτυχές της ψυχής, όπου είναι σκεπασμένη η αλήθεια. Δεν έχει σημασία η λάσπη που την έχει σκεπάσει. Αυτή (η αλήθεια) δεν σκουριάζει. Το Φως που μισείς σκοτώνει αυτό που κρύβεις. Δεν μπορείς κιόλας να το κρύψεις. Κι έτσι θα φωνάζει «νενίκηκάς με»[6]!

– Ανυπομονώ ν' ακούσω, να μού δώσεις τη βαθύτερη ερμηνεία για τον μύθο του Ανήλιαγου, επέμενε η Ελένη.

– Συνεχίζουμε, είπα. Θα καθίσουμε λίγο στην πρώτη βρύση.

– Πάμε, καλέ μου!

Κράτησα σφιχτά και θερμά το βελούδινο χέρι της και ξεκινήσαμε. Εκείνη με κοίταζε για ν' αρχίσω το μύθο!

– Βλέπω, Ανήλιαγε, πως και οι τρεις καρδιές σου είναι … πέτρινες, παρατήρησε η Ελένη για να πειράξει!

– «Ουκ εν τω πολλώ το εύ», αντιπαρατήρησα…

– Έλα, Κωνσταντίνε, θ' αρχίσεις το μύθο!

– Λοιπόν, υπάρχει μια παράδοση στην Αιτωλοακαρνανία πως στις Οινιάδες (αρχαία ακαρνανική πόλη) ζούσε ο βασιλιάς Τρίκαρδος. Σήμερα, τα κάστρα που σώζονται φέρνουν το όνομα «Τρίκαρδος». Έχουν μια μεγαλοπρέπεια και προκαλούν δέος στον επισκέπτη, καθώς αγκαλιάζουν τον ασφακοσκεπασμένο[7] λόφο και με τη σιωπή τους θαρρείς πως αναπολούν στιγμές στοιβαγμένες στο βάθος των χρόνων. Το θυμάρι, στη μεθυστική του δύναμη στηρίζει τον τροχό του χρόνου και στις περιστροφές του πετάγονται ξεθωριασμένα σχήματα. Στ' αγκυροβόλια της ξέρας (τότε τήν έγλειφε το λιμνόνερο) βλέπεις τα ίχνη μιας δύναμης που στη συνέχεια γίνεται μύθος! Κάτι πρέπει να μένει στη θέση του. Ο μύθος την σκεπάζει ή την ξεσκεπάζει! Ο μύθος πάντοτε στρουθοκαμηλίζει! Εποχή της Ενετοκρατίας. Οι μοίρες μοίραναν τον Τρίκαρδο στο Τριήμερο. Στο τρίστρατο, ο θάνατος. Τρεις δρόμοι για τρεις ημέρες, για τρεις καρδιές! Η αποθέωση του αριθμού «3» στην ελληνική γραμματεία από τον Όμηρο έως σήμερα! Η Πυθία στις τρεις διαστάσεις του τρίποδά της. Σ' αυτόν στηρίζονταν οι καπνιές. Εδώ στηρίζονταν οι ηλιαχτίδες. Από τον τρίποδα ακούστηκαν οι στίχοι:

Αχτίδες θεόσταλτες, το νήμα σας θα κάψουν.
Γόνε γονιών γωνιάς
καπνισμένης,
στην πόρτα σου τη σιδερένια
θα λιώσουν των κριμάτων
τα έργα.

–Ο Ανήλιαγος, ο γιος του Τρίκαρδου, το βασιλόπουλο, ήταν καταδικασμένος. Η καταδίκη του βρισκόταν στο βάθος. Στο ύψος βασανίζεται η αλήθεια και το ύψος πεθαίνει στο βάθος από το Φως!

Κλεισμένος στα ανήλιαγα υπόγεια των ανακτόρων, ο Ανήλιαγος περίμενε το σκοτάδι! Τότε μόνο έβλεπε τη … φύση! Τότε μόνο, όταν έπεφτε το σκοτάδι! Στο σκοτάδι γνώρισε τη βασίλισσα Κυρά Ρήνη, που ζούσε μονάχη της, κλεισμένη στο ανάκτορά της, στην Πλευρώνα[8], αρχαία πόλη στην περιοχή του Μεσολογγίου. Τα ερείπια της αρχαίας αυτής πόλης φαίνονται ακόμα αριστερά του δρόμου, μεταξύ του Αιτωλικού και Μεσολογγίου σ' ένα λόφο στο δρόμο προς το Αντίρριο. Ερωτευθήκανε παράφορα. Ο Ανήλιαγος, στο κρεβάτι της Κυρά Ρήνης έσβηνε τον πόθο του και η Κυρά Ρήνη στο ανήλιαγο σώμα του βασιλόπουλου πύρωνε τη σάρκα της. Αλλά το Φως! Το Φως που βγαίνει μαζί με τη χαραυγή ήταν και ο εχθρός του πόθου! Οι πετεινοί λάλησαν! Φωνές που έβγαιναν απ' το υποσυνείδητο και σταματούσαν στην πόρτα του, καθώς έκλεινε γρήγορα για να μη μπουν οι ηλιαχτίδες του συνειδητού. Τελείωνε η νύχτα, όταν άρχιζε ο πόθος στ' ανήλιαγα ανάκτορα...

– Ήταν, βλέπεις, ερωτευμένος, διέκοψε η Ελένη.

– Όπως και η Κυρά Ρήνη, απάντησα.

– Αμοιβαίος έρωτας, λοιπόν, Κωνσταντίνε!

– Σύγχρονος χαρακτηρισμός του έρωτα για αφελείς...

– Δηλαδή, δεν υπάρχει αυτός ο χαρακτηρισμός;

– Είναι περίσσιο στολίδι στα τόσα άλλα που έχει ο έρωτας!

Έρωτας είναι η επιθυμία για την απόκτηση κάποιου «αγαθού». Το «αγαθόν» στην περίπτωση αυτή είναι η σαρκική απόλαυση (καθαρά βιολογική) και η ικανοποίηση από την επιτυχία της «κατάκτησης»! Για το λόγο αυτόν, πολλές φορές, ο έρωτας (η επιθυμία, ο πόθος) κορυφώνεται τόσο όσο μεγαλύτερες είναι οι δυσκολίες, όσο περισσότερες είναι οι απορρίψεις. Τότε ερχόμαστε στον εγωισμό. Είναι η απόλαυση του ωραίου από αισθητικής πλευράς. Μόλις όμως εξαφανίζεται αυτό το «ωραίον», εξαφανίζεται και η έλξη. Είναι αυτό που λέει ο Δαρβίνος «γεννητική επιλογή».

– Κωνσταντίνε, ο έρωτας είναι «μέσον» για ν' απολαύσουμε το «ωραίον» και όχι για να βρούμε το καλό και την αλήθεια;

– Ο έρωτας είναι ξένος στα δύο άλλα. Διότι, τότε φτάνεις στη γνώση! Ο Νταβίντσι λέει πως «ό,τι καλά γνωρίζεις το αγαπάς καλύτερα» και πώς «η μεγάλη γνώση γεννά τη μεγάλη αγάπη». Αν ο έρωτας, σα «μέσον» για τη γνώση, για τη γνωριμία, για την εύρεση της αλήθειας και για την επιτυχία του καλού σταθεί, μείνει όρθιος, τότε μας φέρνει στα φτερά του την αγάπη για όλους τους ανθρώπους. Τότε βρίσκουμε το υψηλό και το ωραίο, το καλό και την αλήθεια. Τότε ο έρωτας γίνεται ύμνος στην αγάπη που αρχίζει από τις σωματικές εικόνες, διαπερνά τη σάρκα και φτάνει στους καθαρούς ουρανούς της ψυχής, όπως ψέλνει ο Σολομών στο « Άσμα Ασμάτων», που είναι το ωραιότερο από όλα τα τραγούδια, σοφία πάσης σοφίας για τον ερωτικό πόθο και τη λαχτάρα του αποχωρισμένου από τον αγαπημένο. Παρουσιάζει λυρικά και ανάγλυφα όλα αυτά που έχουμε συζητήσει έως τώρα, αλλά και παλαιότερα, μικρότεροι κατά μερικά χρόνια, εδώ στο χωριό μας. Διότι, το « Άσμα Ασμάτων» είναι η αναζήτηση της ανθρώπινης ψυχής να ενωθεί με το δημιουργό και την ουσία της. Είναι ένας ύμνος στην αγάπη. Υπενθυμίζω μερικούς στίχους σε μετάφραση του Γιώργου Σεφέρη ή (κατά προτίμηση) Μάρκου Γκανή:

«Ω! δωσ' μου τα φιλιά απ' το στόμα σου,
γιατί η γλυκιά σου αγάπη είναι καλύτερη κι απ' το κρασί.
Οι χυμοί σου είναι μυρωδάτοι,
η παρουσία σου αναβλύζει σαν το λάδι.
Γι' αυτό όλες οι κοπελιές σε θέλουν.
Πάρε με μαζί σου, ας τρέξουμε αντάμα!
Ο βασιλιάς με έφερε στα δώματά του.
Ας αγαλλιάσουμε και ας χαρούμε στην αγάπη σου.
Κάθε χάδι πιότερο κι απ' το κρασί ευφραίνει,
κάτι ξέρουνε αυτές, που σ' αγαπάνε τόσο».

– Είναι ένα απόσπασμα, αγαπημένε μου, από το πρώτο κεφάλαιο, που λέει η γυναίκα στον άνδρα…

– …Και συνεχίζω, αγαπημένη μου, με ένα απόσπασμα από το ίδιο κεφάλαιο, που λέει ο άνδρας:

«Εσύ απ' τις γυναίκες η πιο όμορφη.
Σε βλέπω ,αγάπη μου ,σαν μια φοράδα,
ανάμεσα στου Φαραώ τα άρματα.
Τα μάγουλά σου όμορφα σαν πολύτιμα πετράδια.
Στο λαιμό σου χάντρες ένας γύρος.

Χρυσά σκουλαρίκια θα σου φτιάξω χτυπημένα με ασήμι».

– Να συνεχίσω, Κωνσταντίνε, με ένα απόσπασμα από το ίδιο κεφάλαιο που λέει η γυναίκα στον καλό της;

«Όταν ο πρίγκιπας ξαπλώσει δίπλα μου,

η γλύκα απ' τ' άρωμα μου θ' αρχίσει να ξεχύνεται.

Όλη νύχτα ανάμεσα στα στήθη μου θα τον κοιμίσω».

– Ε, τώρα δεν μπορώ να σταματήσω, απάντησα. Άλλο ένα απόσπασμα που λέει ο άνδρας στη γυναίκα:

«Πόσο όμορφη είσαι αγάπη μου,
τα μάτια σου σαν περιστέρια».

Και συνέχισε η Ελένη με ένα στίχο:

«Και πόσο όμορφος είσαι αγάπη μου...»

Στη συνέχεια τής θύμισα ένα ακόμα απόσπασμα από το τέταρτο κεφάλαιο:

«Τί ωραία που είναι η αγάπη μου;
Τί ωραία!
Τα μάτια σου περιστέρια πίσω απ' των μαλλιών σου το θαμνάκι,
τα μαλλιά σου ένα κοπάδι από κατσίκες
κατηφορίζουν το όρος Γκιλεάντ.
Τα δόντια σου σαν προβατίνες ίδια,
που ξεπροβάλλουν άσπρες φρεσκοπλυμένες.
Όλα λαμπερά κι ατόφια.
Τα χείλια σου άλικη δαντέλα,
η φωνή σου στάζει μέλι.
Τα μάγουλά σου ρόδια φουσκωμένα,
πίσω απ' τις μεταξένιες μπούκλες σου.
Ο λαιμός σου πλασμένος αψεγάδιαστος
τα βυζάκια σου δυο ελάφια, δίδυμες γαζέλες,
που βόσκουν ανάμεσα στα αγριολούλουδα.
Είσαι πανέμορφη, καλή μου.

Τίποτα πάνω σου δεν είναι περιττό.
Έλα μαζί μου, νυφούλα μου.
Την καρδιά μου άρπαξες,
αδελφή ψυχή, νυφούλα μου.
Μού την έκλεψες με μια ματιά,
με μια ματιά που μούριζες,
σα χάντρα μαλαματένια.
Σιρόπι είναι η αγάπη σου,
αδελφή ψυχή, νυφούλα μου.
Πόσο, κι απ' το κρασί καλύτερη!
Λάδι μυρωμένο απ' της ανατολής τα μπαχάρια.
Τα χείλη σου, νυφούλα μου, στάζουν μέλι,
μέλι και γάλα φυλάς κάτω απ' τη γλώσσα σου.
Και τα ρούχα σου σκορπάνε τ' άρωμα του Λιβάνου.
Κήπος φραγμένος η αγάπη μου,
μυστική πηγή, κρυμμένη κρήνη.
Τα υγρά χωράφια σου περιβόλι με ροδιές
φορτωμένες με ζουμερά φρούτα.
Είσαι μια ολόδροση πηγή,
πηγάδι με αθάνατο νερό...».

– Να συνεχίσω αυτόν τον ύμνο στην αγάπη με ένα απόσπασμα από πέμπτο κεφάλαιο με τον «ψαλμό» της γυναίκας προς τον αγαπημένο του, ρώτησε η Ελένη:

«Λάμπει ο αγαπημένος μου, καθώς στη γη πατάει
και πάνω απ' όλους υψώνεται σαν πύργος ορθωμένος.
Χρυσάφι στο κεφάλι του και τα σπαστά μαλλιά του
ίδιο κατάμαυρο έχουνε του κόρακα το χρώμα.
Μάτια αγριοπερίστερα, ορμητικά ποτάμια,
που ρέουν γάλα άφθονο αστείρευτο για πάντα.
Στα μάγουλά του κάθονται μπαχάρια μυρισμένα
και θησαυροί ξεχύνονται από γλυκιές ανάσες.
Τα χείλη του κόκκινοι λωτοί, υγρά ευωδιασμένα,
τα χέρια του ράβδοι χρυσού με επάνω τους τοπάζι,
το σώμα ελεφαντόδοντο σφιχτό και γυαλισμένο,

ζαφείρια ενσωματώνονται και τ' ομορφαίνουν κι άλλο.
Μηροί κολώνες μάρμαρο, σε βάση από χρυσάφι,
μεγάλος σαν τον Λίβανο, σαν κέδρος ανδριωμένος.
Το στόμα του είναι λάγνο,
είναι όλος μια ηδονή.
Αυτός είναι ο αγαπημένος μου
Αυτός είναι ο δικός μου...»

— Ένα ακόμα απόσπασμα από το έβδομο κεφάλαιο και τελειώνουμε, διότι παρασυρθήκαμε από του «Ψαλμούς» και «εγκαταλείψαμε» τον ... Ανήλιαγο, είπα:

«Τί λυγερή που περπατάς με τούτα τα σανδάλια,
κόρη του πρίγκιπα καμαρωτή.
Οι καμπύλες των μηρών σου σαν πολύτιμα πετράδια
σκαλισμένα από μάστορα λαμπρό.
Ο αφαλός σου του φεγγαριού κανάτα
πάντα γεμάτη με κρασί.
Η κοιλιά σου ένας σωρός με στάρι,
κάμπος σπαρμένος παπαρούνες.
Τα βυζάκια σου δυο ελάφια, δίδυμες γαζέλες,
ο λαιμός σου πύργος από ελεφαντόδοντο,
τα μάτια σου δυο λίμνες στην Χεσμπόν,
δίπλα στις πύλες του Μπατ Ραμπίμ.
Η μύτη σου σαν κάστρο του Λιβάνου
που γνέφει προς τη Δαμασκό.
Το κεφάλι σου κορώνα σαν το βουνό Καρμέλ,
βασιλική πορφύρα τα μαλλιά σου,
τον βασιλιά παγίδεψαν μες τον πυκνό ιστό τους.
Από όλα τ' άλλα πιο γλυκιά η γεύση της αγάπης.
Σα λυγαριά το σώμα σου, τα στήθη στάζουν μέλι.
Στη λυγαριά θε ν' ανεβώ, να κόψω απ' τους ανθούς της
κι από τα στήθη τ' άγουρα κρασί για να μεθύσω.
Ανασεμιά μεθυστική, μ' άρωμα από κυδώνι,
χείλη φτιαγμένα να ξυπνούν κάθε κρυμμένο πόθο,
σαν το πρωτόβγαλτο κρασί που τα μυαλά σου παίρνει...».

– Ξαναπάμε, καλή μου, στο μύθο του βασιλιά Ανήλιαγου; Στο κάστρο του Τρικάρδου στην Αιτωλοακαρνανία, όπως αναφέρει η παράδοση, ο μύθος, ζούσε ένας λεβέντης όμορφος, ο Ανήλιαγος, πρωτότοκος γιος του βασιλιά της περιοχής. Όταν ακόμα ήταν μωρό μέσα στην κούνια του, έσβησε το φως από το λυχνάρι που του είχε ανάψει ο πατέρας του και οι νεράιδες τον καταράστηκαν να ζήσει για πάντα δίχως το φως του ήλιου να μπορεί να αντικρίσει. Αλλιώς... θα πέθαινε! Έτσι τον ονόμασαν "Ανήλιαγο". Κάθε βράδυ όμως, όταν έδυε ο ήλιος, έβγαινε απ' το παλάτι του, περνούσε το μεγάλο ποταμό (προφανώς τον Αχελώο) με τ' άσπρο άλογό του και πήγαινε ν' ανταμώσει την αγαπημένη του αρχόντισσα, την κυρά Ρήνη (Ειρήνη), που ζούσε στο δικό της κάστρο στο ομώνυμο κάστρο, κοντά στο Μεσολόγγι. Αυτό γινόταν για πολύ καιρό. Έτσι, πολύ πριν ξημερώσει, ο Ανήλιαγος ανέβαινε στο άσπρο άλογό του και ακολουθώντας τον ίδιο δρόμο επέστρεφε στο ανάκτορό του στον Τρίκαρδο. Όμως, η κυρά Ρήνη, επειδή ήθελε «κατέχειν το αγαθόν δια πάντα», σύμφωνα με τη σωκρατική αντίληψη για τον έρωτα, κατακλύσθηκε από σκέψεις κακές: «Γιατί έρχεται κοντά μου μονάχα νύχτα;», αναρωτιόταν. «Και γιατί πάντοτε φεύγει πριν ξημερώσει;», έλεγε με καχυποψία! «Μην αγαπά κάποια άλλη ο βασιλιάς μου;», διερωτώνταν, δηλητηριάζοντας το μυαλό της. Και σ' αυτές τις περιπτώσεις, όπως επανειλημμένως έχουμε επισημάνει σε συζητήσεις μας, πρέπει να αναζητούμε την αλήθεια με όποιο τίμημα. Έδωσε, λοιπόν, εντολή στους έμπιστους υπηρέτες της να σφάξουν όλα τα κοκόρια της περιοχής! Ο Ανήλιαγος πήγε όπως πάντα στην κυρά Ρήνη με το άλογο του και πέρασε τη νυχτιά μαζί της. Αλλά κοκόρια να λαλήσουν δεν υπήρχαν κι έτσι ξεχάστηκε λίγο περισσότερο. Όταν ρόδισε η αυγή, όπως τώρα, ο Ανήλιαγος σηκώθηκε γρήγορα, ανέβηκε στο άσπρο άλογό του και έτρεξε να συναντήσει τον εχθρό του, τον Ήλιο! Πέρασε τον Αχελώο, αλλά η ηλιαχτίδες τον βρήκανε λίγο πριν από την πόρτα του κάστρου. Και σωριάστηκε στο χώμα.

– Πέθανε αμέσως;

– Σήκωσε τα μάτια του στον ήλιο καθώς σπαρταρούσε σαν ψάρι και άπλωσε τα χέρια του σα να ήθελε να αγκαλιάσει τον ήλιο! Τα μάτια του βγάζανε σπίθες, που ενώνονταν με αυτές του ήλιου και μπροστά του φωτίζονταν όλες οι σκοτεινές γωνιές της ψυχής του. Φώναξε με ένα παράπονο που νόμιζες πως έκρυβε κάποια χαρά. Να σού θυμίσω τους στίχους μου που αφορούν στο μύθο του Ανήλιαγου;

Ω, επίτρεψε, καλέ μου, να τους απαγγείλω εγώ:

«Χάροντα,
χωρίς χαρά,
χρόνια
χρειάστηκα το χρώμα σου
να δω
κρυμμένος στ' ανήλιαγα
των Οινιαδών τα κάστρα.
Χαραυγογεννημένε άρχοντα,
ψυχοθρεμμένε εχθρέ μου,
τώρα στην άμμο
της όχθης της ζωής μου
κάρφωσες τ' ανήλιαγό μου σώμα
με τα ζεστά σου βέλη.
Οι σιδερένιες πόρτες
ανοιχτές
προσμένουνε
να μπεις γα να θερίσεις
βήματα σουρμένα
στο σκοτάδι,
να τριμματίσεις λύχνους
πούχαν για λάδι τη νυχτιά,
φυτίλι τη ζωή μου.
Σβήνω».

Στη συνέχεια, η Ελένη δεν μίλησε καθόλου. Στεκόταν συλλογισμένη και κάθισε στο βράχο της βρύσης, όπου είχαμε στο αναμεταξύ φτάσει.

– Να καθίσουμε λίγο, Κωνσταντίνε;

– Βεβαίως, είναι κι αυτό στο «πρόγραμμα». Θυμίζω με την ευκαιρία ότι ο Μεσολογγίτης ποιητής Γεώργιος Δροσίνης είχε γράψει για το μύθο του Ανήλιαγου το εξής όμορφο ποίημα:

«Στο βασιλιά του Τρίκαρδου, το μοναχό παιδί
οι μοίρες που το μύρωσαν κατάρα είχαν κάνει
πως άμα ο ήλιος το ειδή
ευθύς θε να πεθάνει
Κι' ο βασιλιάς πατέρας του μ' ελπίδα να σωθεί
από του ήλιου το κακό και φλογισμένο μάτι
τώχτισε επίτηδες βαθύ
μέσα στη γη παλάτι
Χρόνια πέρασαν...Πέθανε ο γέροντας γονιός
και με την ώρα την καλή θα βασιλέψει τώρα
Ανήλιαγος ο μορφονιός
στου Τρίκαρδου τη χώρα
Κι ο βασιλιάς Ανήλιαγος τις μέρες του περνά
μες' στα βαθιά παλάτια του και μοναχά το βράδυ
βουνά και κάμπους τριγυρνά
στης νύχτας το σκοτάδι
Κι' η Κυρά Ρήνη η όμορφη τον είδε μια βραδιά
στο κάστρο εμπρός να κυνηγά μ' ολόφωτο φεγγάρι
κι ένιωσε αγάπη στην καρδιά
για τ' άξιο το παλικάρι ...
Ο βασιλιάς Ανήλιαγος σαν κάθε βασιλιάς,
τώρα κι αυτός ολονυχτίς στη χώρα δε γυρίζει.
Σ' αγαπημένη αγκαλιά γυρμένος ξενυχτίζει.
Μα στη χαρά του δεν ξεχνά της μοίρας το γραφτό.
Και πριν να φέξει στο βουνό και πριν να φέξει τ' άστρο
αφήνει ταίρι ζηλευτό
και φεύγει από το κάστρο.
Του κάκου τον ρωτά η Κυρά γιατ' έτσι πρωινά
την παρατάει μονάχη ! Εκείνος δεν της κρήνει
και μαύρη ζήλεια τυραννά
τη δόλια Κυρά Ρήνη.
Τόσο, που τι σοφίζεται η πονηρή Κυρά:
Όλους με μια τους πετεινούς του κάστρου της σκοτώνει
για να μη νιώσει μια φορά
ο νιος πως ξημερώνει

Ο βασιλιάς Ανήλιαγος γελιέται την αυγή!

Και πριν να ρθεί στον Τρίκαρδο κοντά στην Παλιο –Μάνη[9],
κατάρα! Ο ήλιος είχε βγει
κι ο νιος είχε πεθάνει».

– Είχες, καλέ μου, και πάλι δίκιο για τον Ανήλιαγο. Είναι ένας μύθος που πραγματικά σε βάζεις σε σκέψεις.

– Θυμάσαι ότι τίς είχα αναλύσει προτού τον διηγηθώ.

– Ναι, καλέ μου, σ' έβλεπα σκεφτικό. Θυμάμαι που μού έλεγες πώς στο ύψος βασανίζεται η αλήθεια και το ύψος πεθαίνει για πάντα στο βάθος από το Φως!

– Κι ύστερα γίνεται μύθος του οποίου πρέπει να βρούμε τις ρίζες του.

– Δηλαδή, υπάρχει κάποιος πυρήνας στο μύθο;

– Βεβαίως! Άσχετα αν κι αυτός είναι μύθος, όπως μας λέει ο Θουκυδίδης στο Β΄ Βιβλίο του και μάλιστα στην παράγραφο 102.

– Θυμάσαι το χωρίο αυτό, Κωνσταντίνε;

– Ναι! Λέει ακριβώς τούτο σε μετάφραση: «Λέγεται δε και ότι τον Αλκμέωνα[10], γιο του Αμφιάραου, όταν περιπλανιόταν μετά το φόνο της μητέρας του, τον έφερε ο Απόλλων να κατοικήσει σ' αυτό το μέρος. Τού είπε πως δεν θα λυτρωθεί από τους φόβους του προτού βρει για να κατοικήσει χώρα που ακόμα δεν βλεπόταν από τον ήλιο, ούτε ήταν γη όταν σκότωσε τη μητέρα του, διότι κάθε άλλη γη ήταν μολυσμένη από το έγκλημά του. Ο Αλκμέων, όπως λένε, δεν κατάλαβε και μόλις πρόσεξε τις προσχώσεις του Αχελώου ποταμού έκανε τη σκέψη πως η έκταση αυτή είχε προσχωθεί για τη σωματική του συντήρηση, αφού από τότε που σκότωσε τη μητέρα του περιπλανιόταν τόσο πολύ χρόνο. Κι αφού εγκαταστάθηκε στη γύρω από τις Οινιάδες περιοχή, βασίλευε και κληρονόμησε στη χώρα το νέο όνομά της από το όνομα του παιδιού του Ακαρνάνα. Για τον Αλκμέωνα τέτοια λόγια παραλάβαμε...».

– Βλέπω κι εγώ κάποια σχέση, λέει η Ελένη.

– Εκεί στηρίζω τη σχέση ως συνέχεια για το μύθο. Είναι βέβαιο πως η πόλη αυτή σιγά , σιγά ερημώθηκε και η ιστορία της σκεπάστηκε από τη σκόνη του χρόνου. Η παράδοση, προφανώς, διατήρησε μόνο τον πυρήνα. Το έγκλημα το Αλκμέωνα, όπως και κάθε έγκλημα, είναι η διαδοχή του σκοταδιού που απλώνεται, παρόλο που αυτό το περιδέραιο και ο πέπλος της Αρμονίας[11] που χαρίστηκε στη μητέρα του, την Εριφύλλη[12] αποδείχτηκε κάθε άλλο παρά αρμονία! Να, λοιπόν, που όλα αυτά γίνονται «μέσον» για το θόλωμα της πραγματικής ψυχικής αρμονίας. Η χώρα δεν βλεπόταν από τον ήλιο και δεν ήταν ακόμα γη όταν σκότωσε τη μητέρα του. Σε χώρα καινούργια, σε θόλους καινούργιους το Φως αστράφτει και ξεσκεπάζει τα κρίματα που κρατάει το λιμνόνερο της ψυχής. Όπως ήταν έως και τα τελευταία χρόνια η περιοχή των Οινιαδών! Τότε τρέμεις και σπαρταράς. Τότε το Φως σκοτώνει τον θάνατο και απ' αυτόν φυτρώνει άλλη Ζωή. Μήπως και ο Οιδίποδας δεν τυφλώθηκε από το Φως της αλήθειας για να μη βλέπει τα … κρίματά του;

– Αλήθεια, καλέ μου, τί είναι αυτό που κάνει τον άνθρωπο να σωριάζεται και να σπαρταρά στο Φως;

– Η λάμψη της αλήθειας καίει, αγαπημένη μου!

– Σωστά! Η λάμψη της αλήθειας καίει.

– Αυτό, καλή μου, νομίζω ότι είναι και το φως του μύθου. Διότι όλα κρύβουν κάτι. Ο μύθος γεννιέται από την πραγματικότητα και κουβαλά πάντοτε την πραγματικότητα. Οι λιοτροπές αλλάζουν τη μορφή του. Το Φως της σκέψης, η υπομονή και η καρτερία σού δείχνουν το προσήλιο στις βαρυχειμωνιές.

– Καλέ μου, πόσο της σκέψης σου το κοφτερό τσαπί τρυπάει το άγονο χώμα. Τότε βρίσκεις στα λόγια σου τη λάμψη τους. Τότε λαμποκοπά στον ήλιο το τσαπί σου! Μα, κάθισε λιγάκι. Έλα κοντά μου, στην αγκαλιά μου.

– Πρέπει να καθίσουμε και μάλιστα τώρα που τα βρυσόνερα σε σπρώχνουν σε μια γραμμή αδιάκοπη, πρέπει να κρατάμε σφιχτά τα χέρια μας! Άραγε, πού να σταματά η γραμμή αυτή; Πού κόβεται της ξεγνοιασιάς το τρέξιμο, το σμίξιμο με τη χαρά, την αδερφή ψυχή του Σολομώντος; Πού τεμαχιάζεται του λογισμού το βόλι; Μήπως εκεί όπου τελειώνει η γραμμή η ίσια;

– Πουθενά, αγαπημένε μου! Όλα μαζί αργοπεθαίνουν στο ρούφηγμα της ξερής Ζωής και μένει πάνω το σαπιόφυλλο.

– Καλή μου, γίνεται τροφή για άλλο που θα νεκρανασταίνεται πάντα σ' ορισμένο χρόνο! Όλα ζουν και όλα πεθαίνουν από τη Ζωή!

– Ποιο από τα δύο δεχτήκαμε, Κωνσταντίνε;

– Η ερώτησή σου, αγαπημένη μου, μού έδωσε και την απάντηση...

– Επειδή κι εσύ πιστεύεις το ίδιο. Δεν πρόκειται να πεθάνουμε από τη Ζωή. Από τη Ζωή θα ζήσουμε!

– Κωνσταντίνε, ονειρεύτηκα μια θάλασσα με μια χαραυγή να λούζεται στα γαλανά νερά της...

– Εγώ τήν είδα στα μάτια σου που τρέφουν της αυγής τις αχτίδες. Και τα μαλλιά σου σκάλα ν' ανέβω στο αστέρι ψηλά, μακριά, στο φωτεινό σου πρόσωπο. Να σκύψω στα δροσόνερα της ψυχής σου να ρουφήξω τη γλύκα σου και στα ρουμάνια της καρδιάς σου ν' ακούσω την ανάσα σου!

– Ονειρεύτηκα έναν κήπο με άνθη μυρωδάτα. Τα βρήκα στην ψυχή σου, συνέχισε η Ελένη.

– Τί να σού έκανε ο μοναχικός ο κήπος, αν τα χειλοπέταλά σου δεν γίνονταν στολίδι, δροσερό τριαντάφυλλο για να μεθύσω από την ευωδιά του;

– Καθώς το ζώνουν οι καιροί και ο βοριάς φυσάει, εκείνος πάντα στέκεται με την ψυχή στα χέρια.

– Να, λοιπόν, η Ζωή ποτέ δεν πεθαίνει!

– Καλέ μου, στον κόρφο μου σε τύλιξα και σε κρατώ να πάμε. Να πάμε εκεί όπου η αυγή τους ζωντανούς χαϊδεύει και των νεκρών τους τάφους σημαδεύει.

– Καλή μου, πάμε στις τραχιές των βράχων στράτες. Τα λόγια μας τα σπείραμε στης λαγκαδιάς τα σπλάχνα. Τη χώρα της πιθύμησα γιατί την ομορφαίνεις. Τα βράχια, τα βράχια μόνο πρόσεξε!

– Τα βράχια θα πατήσουμε, Κωνσταντίνε, θα τρίξουν τα χαλίκια. Εκεί πρωτόειδα χαραυγή. Την πρόσφερε ο Απρίλης!

– Εκείνη τον κάλεσε! Άραγε, όλη η χαρά δίνεται από τον Απρίλη; Μήπως τήν είδες να πετά στα πράσινα κλαριά του και στάθηκε μαζί μ' αυτόν και τήν μοίρασες;

– Η χαρά όταν είναι δώρο να τη φοβάσαι. Τί θα δώσεις σαν αντίδωρο; Αν δώσεις το ίδιο δώρο, τότε δεν τήν χρειάστηκες! Άραγε, δεν ήταν χαρά! Αν δώσεις κάτι άλλο θα απογοητευτείς όταν θα το δεις πεταμένο!

– Τότε τί είναι η χαρά;

– Ό,τι και η αλήθεια! Ένας άγνωστος Χ.

– Πράγματι, οι πραγματικοί αριθμοί δίνουν την τιμή του Χ!

– Πώς λέμε, Κωνσταντίνε, πώς «ό,τι λάμπει δεν είναι χρυσός».

– Και συμπληρώνω: «Το δε χρυσίον εν τω πυρί βασανίζομεν. Τότε, από τη δοκιμασία αυτή, από τη βάσανο αυτή, θα καταδειχτεί αν είναι πράγματι χρυσός ή μούφα!

 Δεν ξέρω γιατί δώσαμε τόσο μάκρος σ' αυτή τη συζήτηση. Ίσως ήταν η ικανοποίηση γιατί είχαμε βρει την τιμή του ... αγνώστου Χ. Λεγόταν Χαρά. Ήταν κάτι που χρόνια ψάχναμε στα βουρκονέρια, σε μαύρους και σε άσπρους πίνακες. Είχαμε ξεχάσει μόνο τους εαυτούς μας! Εδώ τή συναντήσαμε, Και οι δυο μαζί φωνάξαμε: Να' την!

Ήταν τα λόγια της σα νερό της βρύσης. Πιο καθαρά από το χρυσό. Και η φωνή της πιο γλυκιά από εκείνη του αηδονιού που κελαϊδάει στα γεμάτα από πρωτόφυλλα κλαριά των δέντρων. Φτάσαμε στα βράχια. Σα να ήταν ιδρωμένα από την πάλη να κρατήσουν τη νύχτα! Σαν κρύος ιδρώτας στο πρόσωπο φοβισμένου! Η Ελένη τα κοίταζε με δέος... Εγώ κοιτούσα το πλατυγιάλι. Οι ηλιαχτίδες έσκαγαν σιγά , σιγά στον ορίζοντα…

———

Παραπομπές

[1] **Κυρά Ρήνη** *(Ειρήνη). Θυγατέρα του αυτοκράτορα Αλεξίου Παλαιολόγου, σύζυγος του αυτοκράτορα Ανδρόνικου, γνωστή και από το ομώνυμο κάστρο τη θέση της αρχαίας Πλευρώνας , η οποία βρίσκεται στις παρυφές του Αράκυνθου, Βορειοδυτικά του Μεσολογγίου. Ο λαός συνέδεσε την Κυρα Ρήνη του Κάστρου με το μεγάλο έρωτά για τον βασιλιά Ανήλιαγο.*

[2] **Ανήλιαγος.** *Βασιλόπουλο, μοναχογιός του βασιλιά Τρικάρδου, στο κάστρο στη θέση της αρχαίας πόλης των Οινιαδών, η οποία βρίσκεται στον ομώνυμο λόφο «Τρίκαρδος», κοντά στις εκβολές του Αχελώου ποταμού και 4 χιλιόμετρα δυτικά του σημερινού χωριού Κατοχή στην Ακαρνανία. Μυθικός ιδρυτής της πόλης των Οινιαδών ήταν ο μητροκτόνος Αλκμέων, ο οποίος οδηγήθηκε στην περιοχή αυτή ύστερα από δελφικό χρησμό.*

[3] **Τρίκαρδος.** *Βασιλιάς της πόλης των Οινιαδών*

[4] **Οινιάδες.** *Αρχαία πόλη της Ακαρνανίας.*

[5] **Κατοχή.** *Αρχαία πόλη της Ακαρνανίας*

[6] **«Νενίκηκάς με, Ναζωραίε».** *Είναι φράση που φέρεται πως είπε πριν ξεψυχήσει ο αυτοκράτωρ του Βυζαντίου από το 361 έως το 363 μ.Χ. Ιουλιανός, επονομαζόμενος « Παραβάτης», ο οποίος το 362 με διάταγμά του αποκατέστσησε την εθνική θρησκεία, καθιερώνοντας την αρχή της ανεξιθρησκίας. Οι κλεισμένοι αρχαίοι ναοί ανοίχθηκαν και η εκκλησιαστική περιουσία δόθηκε στους δικαιούχους της. Οι χριστιανοί απομακρύνθηκαν από τα υψηλά πολιτικά και στρατιωτικά αξιώματα, ενώ αποκλείστηκαν ως δάσκαλοι από τα σχολεία της Αυτοκρατορίας. Στις 26 Ιουνίου 363 πληγώθηκε από δόρυ στο συκώτι κατά τη διάρκεια αψιμαχιών με διασκορπισμένες περσικές δυνάμεις. Ο Ιουλιανός τότε ξεψύχησε με τη φράση «Νενίκηκάς με, Ναζωραίε», αναγνωρίζοντας το μάταιο της προσπάθειάς του για την αναβίωση της αρχαίας θρησκείας. Πάντως, η φράση του αυτή αμφισβητείται ιστορικά.*

[7] **Ασφάκα.** *Είναι θάμνος που απαντάται σε φρύγανα και βραχώδεις πλαγιές, συνή-*

θως πάνω σε ασβεστολιθικό υπόθεμα, από χαμηλά έως μέσα υψόμετρα και είναι πολύ αγαπητό στους μελισσουργούς για το χυμό των λουλουδιών της.

[8] Πλευρώνα. *Αρχαία πόλη, που βρισκόταν στο λόφο «Γυφτόκαστρο και Πετροβούνι, 1,5 χιλιόμετρα βορειοδυτικά του Μεσολογγίου του Νόμου Αιτωλοακαρνανίας. Βλέπε «Κυρά Ρήνη», «Ανήλιαγος».*

[9] Παλαιό – Μάνη. *Το σημερινό χωριό Παλαιομάνινα, που είναι χτισμένο πάνω σε μιαν απέραντη αρχαία πόλη στη δυτική όχθη του Αχελώου ποταμού.*

[10] Αλκμέων ή Αλκμαίων. *Ήρωας της αρχαίας ελληνικής μυθολογίας, γιος του μάντη Αμφιάραου και της Εριφύλης, η οποία δωροδοκήθηκε από τον Πολυνείκη με την προσφορά του περιδέραιου της Αρμονίας της γυναίκας του Κάδμου. Παρακινούμενος και από ένα χρησμός αποφάσισε να εκδικηθεί για τον πατέρα του και σκότωσε τη μητέρα του, βοηθούμενος και από τον αδερφό του Αμφίλοχο. Μετά τη μητροκτονία άρχισαν να τον κυνηγούν οι Ερινύες.*

[11] Αρμονία. *Γυναίκα του Κάδμου.*

[12] Εριφύλη. *Μητέρα του Αλκμέωνα*

***

ΤΕΤΑΡΤΟ ΚΕΦΑΛΑΙΟ

Αναμνήσεις: Ο θάνατος προετοιμάζεται για χτύπημα στα βράχια

ΚΙ ΑΝ Ο ΘΑΝΑΤΟΣ σκορπίζει τέτοιες ώρες, πού θα βρεθούν της νιότης τα ριζώματα για ν' αντλήσουν την τελευταία σταγόνα που έμεινε από το λιοπύρι του; Όχι, ο θάνατος δεν μπόρεσε να μού πάρει το γέλιο της, την ψυχή της, το όνειρό της. Εγώ κλάδεψα πριν μπει ο Μάρτης και τον Απρίλη κάθισα να πιω τα μπουμπουκόνερό της. Κι αν η χαραυγή που έφεξε δεν βρήκε τα μπουμπούκια, το ίδιο κάποτε τα γνώρισε στο σκάσιμό τους που άνοιγαν τα πέταλα για να ψάλουν τη Ζωή.

Μα είναι όλα ίδια, όπως φάνηκαν, όπως τα είδα. Εκείνα ζήσανε, γιατί η Ζωή στα χέρια τους είχε γίνει παιχνίδι. Και ζη με των στιγμών τις υδρορροές που δεν ήταν ξίδι. Τίς βλέπω όλες κοντά σου παλιές, πιο παλιές κι όλες γίνονται καινούργιες, διότι είναι φυλαγμένες στης θύμησης το απέραντο πέλαγο. Ζωντανεύουν, τρέχουν μπροστά του, σε καλούν, σού φωνάζουν:

– Τα βράχια, τα βράχια!

Καλή μου, γι' αυτά κίνησα, όπως και τότε. Πώς θες να ξεχάσω τον τάφο του ωραίου; Αχ, πόσο σκληρό είναι το χτύπημα του χρόνου, Χωρίς ανασασμό, τρέχεις στα βουρκονέρια κι όταν πατήσεις στη στεριά σε πνίγουν τα αγκάθια! Πώς μπόρεσα ν' αρνηθώ τη χώρα που μού ετοίμαζε να πιω από τις βρύσες της νερό συνέχεια για να ξεδιψάσω στο τρίστρατο της Ζωής; Είμαστε Οιδίποδας![1]. Και τώρα που κάθομαι στο δικό της ίσκιο, μια τροχιά μού υπαγορεύει να πάω στα βράχια. Η Ζωή μαζεύεται σ' ένα φακό σκέψης και φωτίζει. Δεν σε φέρνει πίσω τόσα χρόνια. Σε σπρώχνει πάντα μπροστά όχι σε άγνωστα μονοπάτια, αλλά σε ίδια είδωλα, σε ίδιες λέξεις, λέξεις που τις πίστεψες. Προχωρείς κι αναζητάς το ίδιο. Άρα, δεν πέθανε! Πώς μπορεί να πεθάνει το αιώνιο; Ποια δύναμη σπάει το φράγμα της πίστης σε μιαν ιδέα; Το ίδιο πλατυγιάλι τότε μ' έσπρωξε στην τροχιά της. Η ίδια φωνή και η σημερινή. Βέβαια, τα πατήματά μου στο πλακόστρωτο δεν συνοδεύονταν από τα δικά της. Ακούω όμως τα λόγια της, βλέπω τη μορφή της, την εικόνα της, τη χαρά της. Είναι τρομερό να ζης στην απουσία της, να πνίγεσαι στις θύμησες και να έχεις τη φωνή από το πλατυγιάλι. Και τούτο το αγροτόσπιτο που σκεπάζει τα ίδια σωθικά μου τώρα το ξαναείδα από τότε. Δεν μπορούσα να σκάψω τους λογισμούς μου αμέσως. Δεν θα μπορούσα το Φως της να αντικρίσω τόσο γρήγορα. Μα, οι φωνές οι ίδιες τα ίδια μού έλεγαν: να προχωρήσω.

Έπρεπε να προχωρήσω, διότι μόνο αυτό σημαίνει δύναμη!

Όπως τότε, να τήν δω, να δροσίσω την ψυχή μου από τα λιοπύρια της Ζωής, να σταθώ στην αυλή της, στην αυλή μου, να με υποδεχτεί, να με φιλήσει μ' εκείνο το ηδονικό της στόμα, να με λούσει με το Φως αυτού του αιώνιου χαμόγελού της.

Τώρα ακούω τα λόγια της, τους στίχους της, την καθαρή της σκέψη, το γάργαρο της λαγκαδιάς βρυσονέρι. Ο κόσμος λιώνει στις χούφτες μας και εμείς τον αφήνουμε να μάς λιώσει στη φωτιά του. Πού πάμε να ζήσουμε; Εκεί όπου βουρκώνουν τα μάτια μας από το στύψιμο της ύπαρξής μας, εκεί όπου θολώνει της Ζωής μας ο ουρανός και μετράμε τις καταιγίδες. Γιατί για σύνορα βάζουμε τις λόγχες του μίσους και κλεινόμαστε σε τοίχους από πτώματα; Η χώρα με τα βράχια το έδειξε. Και το έδεσα στου μυαλού μου τον λαβύρινθο. Όταν βγήκα είδα Φως! Μα, πόσα χτυπήματα χρειάζεται κανένας για να πάψει να είναι σώμα;

Πόσες φορές πρέπει να αντικρίζει κανένας τη Ζωή για να ξεχάσει πώς πεθαίνει; Πόσους τάφους σκουληκότροφους πρέπει να δει κανένας για να καταλάβει πως η φτηνή Ζωή μετριέται μ' ένα μέτρο γης;

Αφήστε, άνθρωποι, τα ζωνάρια της δύναμής σας ελεύθερα για εσάς, για τους ανθρώπους, για τον κόσμο. Τί θα κερδίσετε ανακατεύοντας τις δικές σας σκέψεις με των άλλων τις έγνοιες;

Αρκετά τους λογισμούς μου άφησα μακριά από το είδωλό μου. Στα βράχια πάλι θα πάω, εκεί που της θύμησης τα ελαφροπούπουλα τήν έφεραν για να μού δείχνει το ίδιο, το αιώνιο το στρατί που και τότε πήρα. Και τότε βρεθήκαμε στα βράχια την ώρα που έβγαινε ο ήλιος και μού είπε:

Μια δύση μόνο μπορεί να φέρει στα κοκκινόμαλλά της την εικόνα αυτή της χαραυγής!

– Αγάπη μου, σ' ορκίζομαι στην εικόνα σου πώς οι χαραυγές θα μας θυμίζουν τα δειλινά, είπα διακόπτοντας αυτές τις σκέψεις.

– Καλέ μου, ορκίζεσαι τώρα που έχεις μπροστά σου τη χαραυγή! Τα δειλινά ανοίγουν τα σκοτεινά δωμάτια με τους φυλακισμένους όρκους!...

– Ελένη μου, αν τα βράχια μπορεί κανείς να χάσει από τα μάτια του, όταν θα είναι κοντά τους, τότε κι εγώ τους όρκους μου θα σπείρω στη λαγκαδιά της λήθης!

– Όχι, Κωνσταντίνε! Δεν θα μπορέσεις τα αυτιά σου να κλείσεις στο θρόισμα των φύλλων του δάσους της ψυχής σου.

– Δεν χρειάζονται, αγαπημένη μου, δελφικοί τρίποδες για χρησμούς. Εμείς οι ίδιοι στήνουμε μπροστά μας την Πυθία[2] και μας εμποδίζει με τους καπνούς της να διαλέξουμε το δρόμο που είναι ένας μέσα σε άλλους τσουκνιδοστρωμένους...

– Καλέ μου, νομίζεις πως δεν υπάρχουν άλλες δυνάμεις που συντροφεύουν τις πράξεις των ανθρώπων στο διάβα τους;

– Όχι όμως άλλες από τις «αόρατες» ανθρώπινες δυνάμεις. Ο ίδιος ο άνθρωπος, επαναλαμβάνω, είναι υπεύθυνος για τις πράξεις του. Τα άλλα είναι φτηνές δικαιολογίες.

– Τότε, και τα βράχια δεν φταίνε τίποτε με το ύψος τους και τις τραχιές τις πέτρες!...

– Αχ, καλή μου! Γιατί ανακατεύεις με τους ανθρώπους κάτι που εκμεταλλεύονται οι άνθρωποι! Τα βράχια και κάθε ύψος είναι σύμβολο θανάτου, όπως και ο σταυρός ή το μάρμαρο πάνω στον τάφο! Δεν είναι όμως και υπεύθυνα όλα αυτά για τον ... θάνατο! Βασανιζόμαστε, δηλαδή, διότι δεν υπάρχει η πραγματική αξία, δεν λάμπει η αλήθεια!

– Κωνσταντίνε, η αξία, η αλήθεια, λάμπουν και χωρίς αυτά.

–Τα βράχια, καλή μου, δίνουν περισσότερη λάμψη ή, καλύτερα, τα βράχια τήν κάνουν και προσέχουμε τη λάμψη της.

– Επειδή τη … βασανίζουν!

– Ελένη μου, θυμήθηκα τη στιγμή αυτή κάτι που έλεγε ο πατέρας μου για τα βράχια. Τότε δεν είχα δώσει καθόλου σημασία. Τώρα, μέσα στους αχνούς της πραγματικότητας βρίσκω τα λόγια σου.

– Δηλαδή, τα βράχια είναι θάνατος!...

– Ακριβώς, καλή μου. Τα βράχια είναι ο θάνατός τους! Τα βράχια ισοπεδώνονται και στη θέση τους μένουν η πραγματική ιδέα, η πραγματική αξία, τα πραγματικά ιδανικά, η πραγματική αγάπη, ο «καλός καγαθός» άνθρωπος, που ξέφυγε από τη μοίρα του και έγινε ηνίοχός της!

– Κωνσταντίνε, ο Γολγοθάς και τα καυκάσια βράχια δεν θα πέθαιναν αν σ' αυτά δεν βασανιζόταν η αγάπη για τους ανθρώπους. Μόνο αυτή έμεινε στη θέση της, βλάστησε και σκέπασε τον κόσμο της ψυχής μας. Τί κι αν ποτίστηκε με το ξίδι, το μόνο δηλητήριο που προσφέρουν οι βραχάνθρωποι; Έγινε πνοή που φύσηξε στις ξεραμένες από το λίβα του μίσους καρδιές.

Και τα βράχια αυτά έχουν γίνει το σύμβολο του μίσους. Στη μέση της λαγκάδας, όπως βρίσκονται, είχαν γίνει ο θρόνος των δυνατών. Οι πρώτες ηλιαχτίδες εύρισκαν τους «επιστάτες» στο θρόνο τους. Οι άλλοι σκυμμένοι προσκυνούσαν το ξένο χώμα για να πάρουν στο τέλος λίγη σοδειά. Λίγο χώμα δεν έφτανε στα ατσαλένια χέρια τους. Για ειρωνεία, η σκόνη σκέπαζε τα πρόσωπά τους για να μη βλέπουν ποτέ το χρώμα της ημέρας. Από εκεί δινόταν το σύνθημα της μεσημεριανής ανάπαυσης (όσο για να φάνε κάτι) και της απογευματινής εργασίας μέχρι τη δύση. Το ωράριο που είχαν επιβάλει οι δυνατοί ήταν για τους αδυνάτους «ήλιο με ήλιο», δηλαδή με ήλιο έπιαναν δουλειά στα χωριά των τσιφλικάδων και με ήλιο τέλειωνε το «ωράριο»!

Σταμάτησε. Έριξε μια ματιά στο ψήλωμα, ύστερα με κοίταξε. Δεν μπορούσα να φανταστώ τόση … «χρησιμότητα», Αλλά, γιατί να με ξενίζει τόσο η «ιστορία» των βράχων και να μη ξεφυλλίζω την ιστορική πραγματικότητα;

– Κρανίου Τόπος, Ελένη μου. Πάντα υπάρχουν «Κρανίου Τόποι», σπαρμένοι με κόκκαλα και ένας προφήτης στη μέση να φωνάζει «οστά γεγυμνωμένα». Η αλήθεια γυμνή μπροστά μας. Είμαστε προφήτες ή εμείς κάνουμε τους άλλους προφήτες; Γιατί φοβόμαστε την αλήθεια; «Υιέ ανθρώπου, προφήτευσον»! Στάσου στη μέση και φώναζε. Κοτρώνια θα πέσουν στα πόδια σου για να φράξουν το δρόμο. Ύστερα «θρήνοι επί των ερειπίων».

– Μα, δεν είμαστε φτιαγμένοι από πετρόσκονη και άσβεστο ασβέστη. Φτιαχτήκαμε από λάσπη για να δέσουμε τις πέτρες, καταχωνιάζοντας την στα θεμέλια για τους τοίχους.

– Για να νοτίσουν ύστερα από τα δάκρυα της συμφοράς, της δυστυχίας και της αποτυχίας!

– Κωνσταντίνε, υπάρχουν φωνές πιο αληθινές, πιο καθαρές, πιο δυνατές από τις δικές μας. Στο τέλος, οι δικές μας μαζώνονται σε μιαν άρνηση που λέγεται θρήνος. Δεν σού χρειάζεται το κερί για τ' αυτιά! Στο γούπατο, όπου σιγά , σιγά πέφτει ο άνθρωπος, κυκλώνεται, σπαρταράει, τρέχει για έξοδο, αλλά στενεύει περισσότερο η γωνιά. Και γέρνει το κεφάλι. Απόδειξη πως το «τετέλεσται» του Ιησού προηγήθηκε. Ο άνθρωπος ενταφιάζει τον παλιό του άνθρωπο και αν βρει καινούργιο πρέπει να βρούμε τον τάφο του αδειανό με μια φωνή λευκής ψυχής: «ουκ έστι ώδε». Γνώρισμα του παλιού ανθρώπου «οι τύποι των ήλων». Αυτό είναι η σφραγίδα της δοκιμασίας. Το «τετέλεσται» είναι η γέννηση του καινούργιου.

– Και το ψήλωμα, Ελένη, ρώτησα.

– Ο στυγερός μάρτυρας που τρέμει, που βλέπει νεκρούς, που βλέπει φαντάσματα να τον πατούν και να φωνάζει: Φως, νερό, Ζωή!

– Καλή μου, άρχισαν κιόλας ν' ανάβουν από τη ζέστη τα λιθάρια που ρούφηξαν και την τελευταία σταγόνα από τη νύχτα.

– Είναι ο ήλιος που τα πυρώνει. Η κορφή φλογίζεται. Η καρδιά καίει. Η ψυχή σπινθιρίζει μίσος. Πού είναι η πλατανοσκιά της αγάπης που μαζεύει στην αγκαλιά της το «ποίμνιον»; Κοίτα, κοίτα τα γρέκια στις καλαμιές. Σε λίγο θα έρθουν τα πρόβατα. Στη σκιερή παλάμη τους δροσίζονται. Τί να τα κάνεις τα μυτερά τα βράχια; Τα πρόβατα ροβολούσαν γρήγορα με τα κεφάλαια σκυμμένα στη γη αφήνοντας πίσω σύννεφο από σκόνη. Κουδουνίσματα, σφυρίγματα και γαυγίσματα συνόδευαν τη συννεφόσκονη.

– Κωνσταντίνε, δεν είναι ο Μήτρος αυτός που έρχεται προς τα εδώ;

– Ναι, ένα ανώφελο κουνούπι!

– Να βάλουμε τότε κουνοπέλαιο, είπε γελώντας.

Ο Μήτρος μάς χαιρέτισε από μακριά σηκώνοντας ψηλά τη γκλίτσα. Είχε το σακάκι του ριγμένο στον έναν ώμο του και από τον άλλο κρεμόταν ο ντορβάς, το μάλλινο σακούλι του. Πλησίασε.

– Καλή μέρα σας, παιδιά μου. Τί κάνεις, Κωνσταντίνε; Τη δεσποινίς Ελένη την γλιέπουμε κάθε λίγου και τόσου. Συ, Κωνσταντίνε, πού χάνεσαι;

– Καλωσόρισες, Μήτρο. Τί νέα μας φέρνεις από τη λαγκάδα;

– Τίποτας, Κωνσταντίνε. Εμείς, όπους γλιέπεις, δεν κάνουμε τίποτας άλλου παρά να βόσκουμε τα πράϊτα. Αυτούνα είν΄ η δουλειά μας.

– Δίκιο έχεις. Μα, θα μπορούσες να μας πεις και κάτι από τη δουλειά σου, παρατήρησα.

– Ξωμάχους και ιστουρίες για θεριά, για νυχτιές με ολόγιομο φιγγάρι και μέρες ανοιξιάτικες είναι του ίδιου πράμα. Τάχου πει στην Ελένη, όταν ήταν μικρή, στο σπίτι της.

– Ω, ναι, Μήτρο. Τίς θυμάμαι. Είναι ωραίες οι ιστορίες για την ξωμάχικη ζωή.

– Ουραίες να τις ακούς και ούχι να τις ζης.

– Αυτή είναι δουλειά σου, όπως είπες προηγουμένως, απάντησα.

— Τότες, πείτε μου κι εσείς κάτι απ' την Προυτεύουσα. Εσύ, Κωνσταντίνε, που ήρθες προυχτές. Έτσι μούπαν! Μούλις ήρθες δεν κάθισες καθόλου στο χωριό. Έτσι μούπαν! Τράβηξες ίσια δώθε. Έτσι μούπαν! Σε τραβάει σα μαγνήτης η βρυσόλακκα. Έτσι μούπαν!

—Βλέπω, Μήτρο, ότι ξέρεις πολλά, που είναι άσχετα με τη δουλειά σου, παρατήρησα.

— Τί να κάνουμι, Κωνσταντίνε! Αν δεν πούμε και κάτι δεν πιρνά η μέρα. Άνθρουποι είμαστε. Χουρίς να θέλεις, έρχεται η κουβέντα με τους άλλους πιστικούς και λέμε ούλα τα νέα!

— Δηλαδή, είναι σωστή παροιμία: «Το φτωχό και το χωριάτη ξένες έγνοιες τον γηράζουν»!

— Ουραία αυτήνη η παροιμία, όπως τήν είπες. Ακρίβεια είπες. Τώρα θα σάς πω κι ένα άλλου νέου.

— Να το ακούσουμε, Μήτρο, είπε η Ελένη.

— Αφουρά την Ελένη. Εσένα, Κωνσταντίνε, έτσι κι έτσι!

— Έλα, έλα τώρα και μη θες να μας βάλεις σε σκέψεις, είπε γαλήνια η Ελένη.

— Ελένη, πριν από λίγη ώρα είδα την αδερφή σου, την Αλεξάνδρα, να πηγαίνει στο σπίτι.

— Πού στο αγροτόσπιτο;

— Ναι! Τήν πήγαινε ο θειός σου ο Γιώργος.

— Μού είχε πει πως θα ερχόταν την παραμονή της Παναγιάς. Βαρέθηκε, φαίνεται, στο χωριό του θείου μου.

— Ο Λιάκος μούπε πως έμαθε η Αλεξάνδρα τον ερχομό του Κωνσταντίνου και γι' αυτούνου του λόγου βάλθηκε να φύγει γρηγουρότερα. Ε, θέλει κι αυτή λίγη παρέα. Θα ζήλευε! Μι συμπαθάτε που μιλάου έτσι, αλλά πειδή σας αγαπάου!...

– Ευχαριστώ, Μήτρο, για το ευχάριστο νέο σου, παρατήρησα.

– Ε, όχι και τόσου ευχάριστου. Θα σας χαλάσει τα σχέδιά σας!

– Ποια σχέδια, Μήτρο, τον ρώτησε κάπως απορημένα η Ελένη.

– Θα σας πω μια ιστορία, Μού τήν έλεγε πάντουτε ο μακαρίτης ο πατέρας μου όταν ήθελε να μού ξεσκιπάσει κάτι που ιγώ τού είχα κρυμμένου στα φυλλοκάρδια μ’ . Τότε μούλεγε: Ούλα αυτούνα τα πράματα είναι στάχτη στα μάτια...

 Η Ελένη γελούσε. Εγώ κοιτούσα το ηλιοκαμένο πρόσωπο του βοσκού και στα ματόκλαδά του ήταν κρεμασμένο το βρωμερό δέρμα της πονηριάς. Εκείνος έριξε δυο τρεις πλάγιες ματιές για να μάς καταλάβει τάχα καλύτερα και συνέχισε, αφού ήπιε νερό από το ασκί του.

– Που λέτε, εδώ και πουλλά χρόνια, ο Θανάσης Λόγγος, ο Νάσιους όπως τον λέμε εμείς στο χουριό, που ήταν τρουμερός κατσικουκλέφτης, πήγε στον Πάνου Λιόντα, που έκανε το χασάπη στο χουριό, ένα κλεμμένο κατσίκι για να το σφάξει και να το πουλήσει. Ο Πάνους τού είπε πως μόλις πουλήσει το κατσίκι θα τού δώκει τους παράδες. Το κατσίκι σφάχτηκε, πουλήθηκε, μα παράδες δεν έδινε ο Πάνους στον Θανάση. Ο Θανάσης είχε σκάσει από το κακό του, διότι δεν μπορούσε να το πει και στο χωριό πως δεν τού δίνει τα λεφτά ο Πάνους για το κλεμμένο κατσίκι! Γλιέπετε, το κατσίκι ήταν κλεμμένου! Σκέφτηκε, σκέφτηκε και βρήκε την ... άκρια... Το καλοκαίρι, ο Πάνους κοιμόταν στην αυλή. Το ήξερε αυτούνο ο Νάσιους. Πώς όμως θα του άρπαζε το σελάχι που το έβαζε πάντα κάτου από το πρόχειρου προυσκεφάλι του; Γέμισε τον ντουρβά με στάχτη, τον πλησίασε σιγά , σιγά και το άδειασε στα μάτια του Πάνου. Μέχρι να συνέλθει ο Πάνους και να καθαρίσει τα μάτια του, ο Νάσιους πήρε το σελάχι του κι εξαφανίστηκε. Έτσι πήρε ο Νάσιους το σελάχι του Πάνου. Αλλά, την πάτησε! Διότι το σελάχι δεν είχε μέσα δεκάρα τρυπητή!!

Γελάσαμε. Καταλάβαμε την κουτοπονηριά του Μήτρου και η Ελένη ρώτησε:

– Εμείς σε ποιόν ρίχνουμε στάχτη και για ποιο λόγο, Μήτρο;

– Πονηρούληδες, πονηρούληδες! Θέλετι να μ' γλιστρίσιτι. Δεν πράζει, παιδιά μου. Νέοι είστε και πρέπει να γλεντήσιτι...

– Τί είναι αυτά που λες, Μήτρο, τον ρώτησα. Είσαι στα καλά σου;

– Ιγώ στα καλά μ' είμι. Ο κόσμος τόχει τούμπανο...

– Κι εσύ..., παρατήρησα.

– Κι ιγώ ... κρυφό καμάρ', απάντησε με ένα γέλιο τόσο άσχημο που ξεπερνούσε τα αλεπουδίσια χωμένα στις κόγχες μάτια του...

– Δεν πειράζει, Μήτρο. Να είσαι καλά.

– Θα τα πούμε μεθαύριο στο πανηγύρι.

– Κοίταξε, Μήτρο. Παρά λίγο να το ξεχάσω. Μη ξεχάσεις το αρνί για μεθαύριο, έσπευσε να τού πει η Ελένη.

– Τι τον μέλλει τον πατέρα σου, τον Βασίλη. Θα του πάου το καλύτερου και ωραιότερου σφαχτό!... Και τώρα σας αφήνω, γεια σας.

– Στο καλό, στο καλό, Μήτρο.

Κατέβηκε γρήγορα. Το κεφάλι του ήταν σκυφτό σα να το βάραιναν χιλιάδες σκέψεις ή πονηριές. Σε λίγο χάθηκε από τα μάτια μας. Η Ελένη κάθισε κοντά μου, έριξε το χέρι στους ώμους μου και συλλογιζόταν.

– Τί σκέφτεσαι, καλή μου, ρώτησα.

– Ακούω τα «κουνουπόλογα»!

– Δεν σού είπα πώς έρχεται το «κουνούπι;

– Τι μάς ενδιαφέρει όμως, απάντησε η Ελένη.

– Το κουνούπι όχι! Το δηλητήριό του ναι! Ας το ξεχάσουμε αυτό, πρόσθεσα.

– Ας το έχουμε υπόψη αυτό. Ο Μήτρος είναι κακός, κακός άνθρωπος, είπα υπενθυμίζοντας όσα είχα προηγουμένως «προφητέψει»!

– Ω, ναι, Κωνσταντίνε μου! Φοβάμαι τους ανθρώπους.

– Δεν χρειάζεται τόσο να τους φοβάσαι, όσο να τους βλέπεις πάντα μπρο-στά σου και να φυλάγεσαι, είπα και φίλησα τα μοσχοπέταλα χείλη της.

– Καλά λες, αγαπημένε μου. Μα, ας κατέβουμε κάτω στον ίσκιο, κοντά στη βρύση. Σήμερα θα κάνει πολλή ζέστη.

Σηκωθήκαμε. Την έπιασα από το χέρι και ξεκινήσαμε. Φαινόταν πάντα συλλογισμένη. Η ζέστη φτερούγιζε παντού και ο ίσκιος μας τράβαγε με δύναμη τα πόδια. Φτάσαμε. Τα νερά, θαρρούσες, πως μας καλωσόριζαν, καθώς κυλούσαν στα μικρά χαντάκια. Τα πράσινα χόρτα εδώ δεν έγερναν το κεφάλι. Δεν είχαν κακές σκέψεις! Είχαν ζωή και αυτή τη ζωή σκορπού-σαν παντού. Στη βαθυσκιά βρίσκαμε την ανακούφιση και στον πράσινο τάπητα την ξεκούραση. Καθίσαμε.

Τί τα θες! Όλα γονατίζουν, λυγίζουν και στραβώνουν με το φύσημα του αέρα. Αυτό δεν δείχνει θάνατο! Αυτό σέρνει τον θάνατο και τον βάζει σ΄ ένα βάθρο! Πρέπει να προσέχουμε τη δύναμή του. Μια όαση στην έρημο η αγάπη! Μια πράσινη τούφα στην καλοκαιρινή κάψα η απαντοχή. Γιατί θέλεις να την ξεριζώσεις με τη σκαπάνη του μίσους; Δρόσισέ την με τόσα καθαρά νερά που σου δίνει η Ζωή. Γιατί τή στερεύεις; Πού θα βρεις, καη-μένε πεζοπόρε, τη δύναμη να προχωρήσεις; Τα ξεράγκαθα σε πνίγουν, ανάβεις μαζί μ' αυτά φωτιά και φρύγανο γίνεσαι στον ηλιόχτυπο τόπο.

Τα πρόβατα όλα μαζί κουλουριάζονται στις σκιές, οι βοσκοί πήγαν στα σπίτια τους και κάποιο κουδούνισμα σπάει τη σιωπή. Όλα είναι παραδο-μένα στις αγκαλιές του χρόνου και της ηρεμίας. Εκείνος, ο χρόνος, στοχά-ζεται. Βοηθός του ο άνθρωπος. Άραγε, τί να μετράει με το βήμα του στις αναμμένες καλαμιές; Τώρα, ακούγεται καθαρότερα ο βηματισμός του. Στα καπούλια του η άρνηση σκορπάει τα ερωτηματικά και μένει ένα ΟΧΙ. Δεν μπορούσα να αντέξω τη σιωπή. Μα, ποιος είπε τέτοιο πράμα; Εκείνη μιλούσε. Πώς θα μπορούσα ο βλαστός της ψυχής μου να ανεμοδέρνεται χωρίς να είναι χειμώνας; Μα, εκείνη κοιτούσε τον καθαρό ουρανό, τη νοτι-σμένη δροσοπηγή της ψυχής της. Ήμουνα βέβαιος! Το βάθρο του ειδώλου έφτιαξα με ανθρωπιάς υλικό, το στήριξα με της ψυχής μου τη δύναμη και το σκέπασα με της καθαρής σκέψης το «ώστε». Και είναι όλο το ίδιο. Και η φωνή η ίδια, ανακατωμένη με μιαν άλλη πάντα καινούργια:

– Τα βράχια, τα βράχια!

Έπρεπε να προχωρήσω, διότι μόνο αυτό σημαίνει δύναμη!

– Καλέ μου, ο λογισμός σου χωρίς φρένο τρέχει...

– Τρέχει, καλή μου, μαζί με τους δικούς λογισμούς, στα βράχια με τους σαρκοσχίστες αητούς!... Όλα κοντά σου, γλυκιά μου σκέψη, ημερώνουν. Όλα στέκονται παραδεισένια σώματα όρθια για να περάσει η εικόνα σου. Μα, εγώ ποτέ μου δεν λησμόνησα τη φωνή σου!

– Πάμε, Κωνσταντίνε, στα βράχια, στη βρυσόλακκα, στα σπερδούκλια.

 Εκείνα ήταν τότε καταπράσινα και σκέπαζαν τους όγκους της λαγκάδας. Τώρα είναι ξεραμένα. Εσύ, αγαπημένη μου, στη σκέψη μου είσαι πάντα μπροστά μου και διώχνεις της Ζωής τις τραχιές ώρες. Κοντά μου, μπροστά μου, μαζί μου. Τη χώρα σου δεν αρνήθηκα, διότι δεν μού ήταν άρνηση, σού το λέω και θα σού το ξαναπώ. Ήταν δική μου χώρα. Ακούω τη φωνή σου στους στίχους σου που τους έχω μπροστά μου, όπως τότε στα βρυσονέρια. Σε ακούω, όπως και τότε. Η μελωδική φωνή σου με συντροφεύει. Συντροφεύει τα μάτια μου, τη σκέψη μου, τη Ζωή μου...

Παραπομπές

[1] **Οιδίποδας** *(στην αρχαία ελληνική Οιδίπους). Το πιο τραγικό πρόσωπο της αρχαίας ελληνικής μυθολογίας. Ήταν γιος του βασιλιά της Θήβας Λάιου και της Ιοκάστης. Πριν από την γέννηση του Οιδίποδα ο βασιλιάς της Θήβας Λάιος, αποφάσισε να μάθει το πεπρωμένο του σχετικά με την απόκτηση διαδόχου, επειδή η γυναίκα του, η Ιοκάστη ή Επικάστη, δεν είχε κυοφορήσει ποτέ, παρά τις πολύχρονες προσπάθειες. Ο λοξίας Απόλλωνας του διεμήνυσε, μέσω της Πυθίας, πως θα αποκτούσε γιο και πως αυτός μάλιστα θα τον σκότωνε. Τελικά, ο χρησμός εκπληρώθηκε. Ο Οιδίποδας σκότωσε τον πατέρα, ο οποίος κατευθυνόταν προς τη Θήβα χωρίς να τον γνωρίζει,*

έγινε βασιλιάς της Θήβας και παντρεύεται τη … μητέρα του Ιοκάστη! Με την Ιοκάστη απέκτησε τέσσερα παιδιά, τους Πολυνείκη και Ετεοκλή και τις Αντιγόνη και Ισμήνη, που ήταν παράλληλα και αδέλφια του. Έτσι ολοκληρώθηκε το περιεχόμενο του χρησμού που έδωσε η Πυθία στον Λάιο πρώτα και στον Οιδίποδα αργότερα. Μετά την αποκάλυψη όλων αυτών, ο Οιδίποδας αυτοτυφλώθηκε και η Ιοκάστη κρεμάστηκε…

[2] **Πυθία.** *Έτσι ονομαζόταν η εκάστοτε πρωθιέρεια του Θεού Απόλλωνα στο Μαντείο των Δελφών, η οποία, σε κατάσταση έκστασης, μετέφερε τη χρησμοδότηση του θεού προς τον ενδιαφερόμενο με τρόπο συνήθως λακωνικό, δυσνόητο και αινιγματικό.*

***

ΠΕΜΠΤΟ ΚΕΦΑΛΑΙΟ

Αναμνήσεις: Ολοκλήρωση του έρωτα στη Βρυσόλακκα

ΑΥΘΟΡΜΗΤΑ *και δυνατά την έπιασα από το βελούδινο αριστερό χέρι. Ξεκινήσαμε για τα βράχια, τη βρυσόλακκα. Η λαγκαδιά συνεχώς φωτιζόταν από τον ήλιο, ενώ τα βράχια συνόδευαν τα χαρούμενα βήματά μας με «μάτια» πελώρια και άγρια! Δεν ήταν μεγάλη η απόσταση από τον προηγούμενο σταθμό, όπου κορυφώθηκε η αγάπη και συνεχώς μας παρωθούσε να ταυτιζόμαστε σάρκα με σάρκα.*

Φτάσαμε στη βρυσόλακκα. Νόμιζες πως ο κρουνός της άνοιξε τα χέρια μας και τα πρόσωπά μας να δροσίσει με ακόμα περισσότερο γάργαρο κρύο νερό. Γύρω , γύρω καταπράσινοι θάμνοι και αγριόχορτα, αλλά και αγριολούλουδα, άντεχαν στα λιοπύρια του Αυγούστου, λες και είχαν προετοιμάσει το πράσινο κρεβάτι για να γευθούμε τον έρωτά μας μετά τον ύμνο στον έρωτα στον προηγούμενο σταθμό.

– Τί ωραία που είσαι, αγάπη μου! Τί ωραία η θωριά σου. Έλα κοντά μου, πολύ κοντά μου, να σφιχταγκαλιαστούμε και να μετουσιώσουμε τον ύμνο στον έρωτα στα κορμιά μας! Τί να πρωτοδώ και τί να πρωτοχαϊδέψω. Τα μάτια σου με τις έντονες γραμμές κάτω από τους πλούσιους βοστρύχους; Τα ρόδινα μάγουλά σου; Τα χείλια σου σαν άλικη δαντέλα; Τη γλυκιά φωνή σου; Τον άσπρο σου λαιμό σκεπασμένο με τις μπούκλες των χρυσών μαλλιών σου; Τα στητά σου τα βυζιά, «σαν δύο νεβροί δίδυμοι δορκάδος», σα δύο ελάφια, δίδυμες γαζέλες, όπως λέει ο Σολομών;

– Αγαπημένε μου, όλα αυτά βόσκουν στα αγριολούλουδα της ψυχής μας, όταν χαράζει η μέρα και φεύγει το σκοτάδι!

– Είσαι πανέμορφη, καλή μου. Τίποτα πάνω σου δεν είναι περιττό. Την καρδιά μου άρπαξες, όπως στο «Άσμα Ασμάτων»! Έλα κοντά μου, να ξαπλώσουμε στης βρυσόλακκας το γρασίδι για αποθέωση της αγάπης μας. Αδελφή ψυχή. Αγάπη μου.

– Έλα, αγαπημένε μου. Φίλα με, φίλα με.

– Τα χείλη σου, αγάπη μου, στάζουν μέλι, μέλι και γάλα κρατάς κάτω απ' τη γλώσσα σου. Άφησέ με να σού χαϊδέψω να τροφαντά βυζιά σου, σα ρόδα σε υγρό περιβόλι με ροδιές, σα δύο δίδυμα λεμόνια με μισάνοιχτους ακόμα λεμονανθούς τις ρώγες

– Καλέ μου, δύο χρόνια σε περίμενα, σα μια ολόδροση πηγή. Έπεφτα για ύπνο, μα η καρδιά μου ξαγρυπνούσε. Και τώρα δεν άκουσα μόνο τον ήχο του αγαπημένου μου να μου χτυπά την πόρτα, αλλά τα χέρια με να κρατούν σφιχτά με μια χαρά που διαπερνά όλη την ψυχή μου.

– Άνοιξε, αδερφή ψυχή, την αγκαλιά σου, άφησέ με τα βυζιά σου να χαϊδέψω! Πέταξε τα ρούχα σου στο γρασίδι να στολίσουν και τα αγριολούλουδα.

– Τώρα πού ήρθε η αγάπη μου και βρίσκεται κοντά μου, θα ξαπλώσω αμέσως για να νιώσω τα ρίγη τα βαθειά στα σωθικά μου. Είναι ο αγαπημένος μου, με μάτια αγριοπερίστερα, με χείλη κόκκινοι λωτοί, υγρά ευωδιασμένα. Το στόμα σου είναι λάγνο, όλος μια ηδονή. Είσαι ο δικός μου.

– Θα συνεχίσω το ύμνο προς τον έρωτα, τους στίχους από το «Άσμα Ασμάτων», που άρχισες και θα ολοκληρωθεί η αγάπη μας, απάντησα:

«Έλα κοντά μου, αγάπη μου, στ' απέραντα λιβάδια,
πάνω στο πράσινο χαλί π' ανθίζουν τα λουλούδια.
Εκεί να κυλιστούμε ολονυχτίς και σαν κλωνάρι πασχαλιάς
Ν' ανθίσει κι εμάς η αγάπη μας
ανάμεσα στης παπαρούνας τη φωτιά».

Κοιτάζαμε, αγκαλιασμένοι, με περισσή ηδονή, την πράσινη λαγκάδα, με το ολόγυμνο σώμα μας να σπαρταρά στο δροσερό γρασίδι εκεί στη Βρυσόλακκα.

– Εγώ τον ηδονόσπορο, καλή μου, καθάριο και αμόλυντο για σένα τον κρατούσα...

– ... Κι εγώ την ηδονόγονη και καρπερή κοιλάδα μου για σένα τήν εφύλαγα για να σπείρεις τον ηδονόσπορό σου και να φουντώσει η φύτρα της ψυχής μας...

– ... Κι εγώ τώρα την ηδονόγονη κοιλάδα σου οργώνω με της ψυχής τα χέρια μου...

– ... Κι εγώ περβόλι ολάνθιστο κι ευωδιαστό σε σένα το παραδίδω...

– Αιώνιο είδωλο, φτιαγμένο με σκέψης αγκωνάρια, στολισμένο με όνειρου άχνα, είμαι κοντά σου. Μα, κι εσύ είσαι πάντα κοντά μου. Μπροστά μου πάντα, πάντα μπροστά, αφού πλέκεσαι με των λογισμών μου τα νήματα και της αγάπης τις ορμές. Σε θωρώ στα φύλλα αυτά που σκόρπισες για όλους αυτούς που θέλησαν από το σωρό τους τη Ζωή να δουν.

– Κωνσταντίνε, βλέπω μπροστά μου το Μήτρο όλο να μού χαμογελάει. Τα μάτια του πετούν φλόγες, πλησιάζει, μα πάντα οι φλόγες του δεν μπορούν να μας καψαλίσουν.

– Πώς είναι μπορετό, και μάλιστα μετά την αποθέωση του έρωτά μας, την ολοκλήρωση της αγάπης μας, ένα σύννεφο φτιαγμένο από χειμώνα να ασχημίσει και τον ανοιξιάτικο ουρανό; Χειμώνας είναι, χειμώνας. Πρέπει να γνωρίσουμε και τη χάρη του! Να, και μια όψη του χαμόγελου!

– Κοντά σου προσήλιο βρήκα στη χειμωνιά, μού είπε ακουμπώντας τα άλικα χείλη της στα δικά μου. Να σού πω μερικούς στίχους μου;

– Οι στίχοι σ' αυτές τις ώρες είναι λευκό περιστέρι αφημένο στη λύσσα των συμπληγάδων. Μετά ακολουθεί το καράβι μας.

– Ω, Κωνσταντίνε, θα τους διαβάσω, θα τους διαβάσω κι ας μαράνει περισσότερο γύρω μας το γρασίδι ο αυγουστιάτικος ήλιος!

Στ΄ αγριοκαίρι απόγωνο
η σιωπή,
στη χειμωνιά προσήλιο
η ελπίδα.
Στης νυχτιάς το βάρος
αντιστάθισμα
η καρτερία.
Στης λησμονιάς το αργόβημα

της σκέψης γρηγοράδα.
Στη φουσκοθαλασσιά κουπιά γερά
η θέληση,
στον αγκαθόδρομο για καθαρίστρια
η πίστη
ήταν
όταν στου χρόνου τα γυρίσματα
δεν χάθηκα.

– Πώς θα μπορούσες, καλή μου, να χαθείς στα γυρίσματά του, όταν εκείνος γυρίζει για να χάνεται στο δικό του ζαλιστικό ρυθμό; Ο Μήτρος είναι αξιολύπητος δούλος του χρόνου. Ένα μόριο που πετάχτηκε από την τροχιά του στη λαγκάδα με τα σπερδούκλια!

– Να, καλέ μου, πώς όλα ξεπροβαίνουν στη λαγκάδα, πνίγονται τα χόρτα και τα βράχια καίνε το σίδερο της κακίας να το μπήξουν ακόμα πιο μυτερό στα μάτια!

– Είναι κάτι χειρότερο από την ιστορία με τη στάχτη που μάς είπε ο Μήτρος. Το χαμόγελό του είναι η τρύπα κάποιου καμινιού!

– Και για τις Συμπληγάδες που ανέφερες; Ν' ακούσω;

– Άκουσε τους στίχους μου:

Αργώ,
τις Συμπληγάδες[1] *περάσαμε*
με του λευκού περιστεριού βοήθεια.
Στη μανία της σύγκρουσης
οι πέτρες λιώσανε και στο γυρισμό
ταπεινωμένες ξεθύμαναν
στου μίσους τη συντριβή.

– Μπορώ να συνεχίσω;

– Βεβαίως!

– Αυτό είναι δικό σου, δικό μας! Άκουσέ το:

Αργώ,
βάλε πανιά σε νέα Κολχίδα να πάμε.

Τιμονιέρης εγώ, του Αιόλου[2] βοήθεια θάχουμε,

του Ποσειδώνα[3] την τρίαινα
θα σπάσουμε στης θέλησης το βράχο.
Το Πήλιο μας περιμένει
ν' αντικρίσουμε στου Αιγαίου τη γαλήνη,
την ευτυχία.

– Ευχαριστώ, Κωνσταντίνε! Μα, πόσες Συμπληγάδες πρέπει να περάσει κανείς για να φτάσει στην Κολχίδα;

– Όσο θα υπάρχει Μήτρος! Αυτοί προσπαθούν να στραγγαλίσουν με τις πέτρες της ψυχής τους κάθε λευκό περιστέρι. Δουλεμένα χέρια για δού-λους, λαξευμένα από δουλικά χέρια... Πώς να μη γκρεμιστούν ψεύτικοι δελφικοί τρίποδες ακούγοντας τα λόγια αυτά; Πώς να μη φράξεις τον κήπο σου από τους αρπαγόψυχους θανάτους που περιτριγυρίζουν; Γι' αυτό τα όρνια γεμίσανε με φτερούγες τον ουρανό και κάτω στήνονται ξεσαρκω-μένα κουφάρια, αχρείαστα για τους σαρκότροφους... Και μού είπες, ω φλόγα μου, για δρόμους αφώτιστους. Μα, εγώ μαζί μου την κρατώ, διότι μαζί την ανάψαμε. Εσύ τη στέριωσες στα χέρια σου και δίνεις σ' όλους Φως! Ήξερα πώς περίμενες τον ερχομό μου! Μού είπες και μου διάβασες. Σε ακούω. Πάντα σε ακούω, όπως και τότε στο πλατυγιάλι, όπως και τώρα στο ναό σου, στο τετράδιό σου το σπαρμένο με σπόρο σπόριμο η Ζωή να βλαστήσει. Και βλάστησε, μολονότι τότε έσπειρα το σπόρο της αγάπης στην καρδιά σου:

Δροσοπηγή στα πόδια σου,
στα χείλια κρυονέρι,
πλατανοσκιά στο σώμα σου,
ασπίδα για τα πύρινα
τ' Απόλλωνα[4] τα βέλη.
Μοσχομυρολούλουδα στον κήπο σου
στρωμένα και περιμένω
σαν την Περσεφόνη[5] της άνοιξης το άρμα.

Ανθοβυζάχτρα μέλισσα
τ' 'ανθόγαλο θε να πιω.

– Κωνσταντίνε, συνεχίζεις, κοιτάζοντας τον ουρανό, τον ύμνο σου, το δικό σου ύμνο στην αγάπη;

– Όχι, καλή μου, στον ψεύτικο ουρανό, αλλά στο δικό σου ουρανό, στη θωριά σου, την ομορφιά σου, τα χείλη σου, τα βυζιά σου, το σώμα σου, τα μάτια σου, τα μαλλιά σου, τα τορνευτά πόδια σου...

– Αγαπημένε μου, δεν περίμενα μετά την αποθέωση του ύμνου προς την αγάπη μας τέτοια σολομώντεια λόγια.

– Αγάπη μου, κάτω στη βαθυσκιά στρώσαμε την αγκαλιά μας και ισοπεδώσαμε τον κόσμο, τον ραντίσαμε με της νιότης μας τις ορμητικές σταλαματιές και στο νερό ρίξαμε τις σάπιες ρίζες του. Μα, κάτι απόμεινε στη χώρα των ίσκιων. Απόμειναν οι κινητές σκιές φτιαγμένες μόνο να περπατούν πίσω, όταν το Φως πέφτει ίσια στα μάτια και στο κενταυρικό τους πρόσωπο!

Παραπομπές

[1] **Συμπληγάδες Πέτρες.** *Στην ελληνική μυθολογία φέρονταν ως δύο πολύ μεγάλοι βράχοι προ θαλάσσιου στενού (διαύλου), που ενώνονταν και αποχωρίζονταν συνεχώς, έτσι ώστε να ήταν αδύνατο το ασφαλές πέρασμα ενός πλοίου. Το πρώτο πλοίο που κατάφερε τελικά το ασφαλές διάπλου ήταν το πλοίο «Αργώ» με τους Αργοναύτες, με τη βοήθεια της θεάς Ήρας και τη συμβουλή του Φινέα να αφήσουν πρώτα ένα περιστέρι να περάσει ανάμεσα, όπως και έγινε. Οι βράχοι έκλεισαν πίσω από το περιστέρι, που έχασε μόνο κάποια φτερά της ουράς του, και όταν ξανάνοιξαν, η «Αργώ» πέρασε με τους Αργοναύτες να κωπηλατούν με όλη τους τη δύναμη. Από τότε, οι δύο βράχοι ακινητοποιήθηκαν. Οι Συμπληγάδες ήταν γνωστές και ως «Πλαγκταί», «Κυανέαι», «Συνδρομάδες» και «Συνορμάδες».*

[2] **Αίολος.** *Στην ελληνική μυθολογία, ήταν ο διορισμένος από τον Δία ταμίας των ανέμων. Θεός των Ανέμων. Κρατούσε τους ανέμους μέσα στον ασκό του και τους άφηνε μετά από εντολή του Δία.*

[3] **Ποσειδώνας** *(στην αρχαία ελληνική Ποσειδών). Στην ελληνική μυθολογία ο Ποσειδώνας είναι ο θεός της στεριάς και της θάλασσας (και για αυτό ονομάζονταν και Πελαγαίος), των ποταμών, των πηγών και των πόσιμων νερών.*

[4] **Απόλλων.** *Στην ελληνική μυθολογία είναι ένας μέγας Θεός, με γύρω στις 350 επικλήσεις, προσωνύμια και τοπικές λατρείες του, θεραπευτής, μάντης και ηλιακός («Φοίβος»), αλλά και αργυρότοξος. Ο όμηρος στην Οδύσσεια αναφέρει πως το τόξο και η λύρα του Απόλλωνα είναι το ίδιο όργανο. Το τόξο που πληγώνει, χτυπάει το λαιμό, τις ρώγες του στήθους, σφάζει και σκοτώνει, φέρνει στον κόσμο την ίδια μουσική αρμονία με τη λύρα, όταν την πιάνουν στα χέρια ο Απόλλωνας, ο Δημόδοκος και η Φήμιος. Το τόξο του Απόλλωνα ως φονικό όργανο παρουσιάζεται στους στίχους της Οδύσσειας στο φόνο των μνηστήρων από τον Οδυσσέα. Μόλις ο Οδυσσέας συνέχισε τη μακρά κι ευτυχή βασιλεία του κυριάρχησε η τάξη και η ευτυχία της δημιουργίας. Το όνομα του τόξου είναι βίος και βίος σημαίνει ζωή, ενώ έργο του είναι ο θάνατος. έλεγε ο Ηράκλειτος.*

[5] **Περσεφόνη.** *Κόρη της θεάς Δήμητρας. Πατέρας της ήταν ο Ζεύς και σύζυγός της ο Άδης. Ο Άδης την πήρε στον κάτω κόσμο για την ομορφιά της. Η Θεά Δήμητρα όμως τη ζήτησε πίσω. Ο Άδης συμφώνησε να ανεβαίνει η Περσεφόνη έξι μήνες στον πάνω κόσμο και να κατεβαίνει τους επόμενους έξι στον κάτω. Έτσι τους μήνες που η Περσεφόνη ήταν στον πάνω κόσμο η Θεά Δήμητρα χαιρόταν και υπήρχε καλοκαιρία, ενώ τους άλλους κακοκαιρία.*

***

ΕΚΤΟ ΚΕΦΑΛΑΙΟ

Αναμνήσεις: Παράξενες επισκέψεις στα βράχια με προμηνύματα

ΕΙΝΑΙ ακόμα μεσημέρι. Ο χρόνος βάζει τη σφραγίδα του στις περπατησιές του. Μαζεύεται στη γωνιά από τη δύναμη της στροφής του και γίνεται μικρός κόκκος! Λοιπόν, ας τον κρυώσουμε τώρα που είναι ζεστός!

– Κωνσταντίνε, κατά φωνήν! Έρχεται προς τα εδώ ο Γιάννης.

– Ο Γιάννης! Ποιος Γιάννης;

– Ναι, ο Γιάννης ο Κωστούλας!

– Αγαπώ τον κόσμο, Κωνσταντίνε, μού είπε κάπως φοβισμένα η Ελένη. Στο πρόσωπό σου αγάπησα τον κόσμο, τον άνθρωπο, κι ας είναι σκουληκοτροφή, κι ας είναι βάλτος για κουνούπια!...

– Εγώ, γι' αυτό τον αγάπησα. Διότι τον ξεσκέπασα! Η αλήθεια είναι κρυμμένη στο τσόφλι τα ψευτιάς, όπως το αμύγδαλο στο ξύλινο σάκο του. Σπάσε τον και θα την βρεις. Σπάσε τους φράχτες και θα μυρίσεις τα μυρωδάτα λουλούδια του κήπου!

– Γεια σας και χαρά σας, παιδιά. Γεια σας φίλοι μου Ελένη και Κωνσταντίνε.

– Γεια σου, Γιάννη. Ποιος καλός αέρας σ' έφερε στη λαγκάδα σου, είπα ανταποδίδοντας τον χαιρετισμό.

– Ο … λίβας!

– Μην ξεχνάς ότι ο λίβας είναι περαστικός, απάντησα! Μα, όποιον βρει στο δρόμο του κάηκε!

– Κάθισε, Γιάννη να σε δούμε, είπε η Ελένη.

– Είμαι μουσκίδι στον ιδρώτα.

– Πρόσεξε γιατί ο ιδρώτας σε κρύα επιφάνεια θολώνει, παρατήρησα!

– Εντάξει, Κωνσταντίνε! Θα προσέχω. Μόνο μη με κρυώσεις περισσότερο εσύ...

– Φίλε μου Γιάννη, εμείς θα σού προσφέρουμε τις αγκαλιές μας, την παρέα μας και ομολογώ πως δεν βρίσκω λόγια να σε ευχαριστήσω πού ήρθες να μας συντροφέψεις, τού είπα.

– Ευχαριστώ για τα καλά σου λόγια και λυπούμαι για τις κακές σου πράξεις!

– Άραγε είναι ... καλές...

– Ναι, αλλά δεν μ’ έκανες να κλάψω...

– Άραγε τίς δέχεσαι...

– Όχι, απλώς τίς ανέχομαι...

– Τότε είσαι δυνατός!

– Τι λέτε, βρε παιδιά, τόσο λακωνικά, είπε η Ελένη.

– Εγώ, Ελένη, εξετάζομαι προφορικά. Αυτές τις απαντήσεις μπορώ να δώσω. Τόσο έχω διαβάσει!

– Έλα, Γιάννη, κάθισε κοντά μου να πούμε κάτι από τα παλιά.

– Αν το επιτρέψει ο φίλος μου Κωνσταντίνος!

– Δεν έχω συνηθίσει να δίνω εντολές σε ελεύθερους και γνωστικούς ανθρώπους. Αφού όμως εσύ έχει συνηθίσει να δίνεις οπωσδήποτε και παίρνεις εντολές, σού ... επιτρέπω,

με την άδεια της Ελένης, βεβαίως, βεβαίως!

– Πέρασες σαν αστραπή από το χωριό και πήγες κατευθείαν στον Βασίλη Σκράκο... είπε με φανερή ζήλεια...

– Και πού να πήγαινα, Γιάννη; Στο χωριό δεν έχω κανένα. Όπως ξέρεις, το πατρικό μου σπίτι είναι αδειανό. Όλοι, ο πατέρας μου, τα αδέρφια μου, έχουν φύγει στη Γερμανία και στην Αθήνα...

– Να ερχόσουν στο σπίτι μου! Ή μήπως δεν καταδέχεσαι επειδή πήρες ένα πτυχίο, να έρθεις στο σπίτι μου. Ξεχνάς πώς κάποτε, όταν πηγαίναμε μαζί στο εξατάξιο τότε γυμνάσιο, σού αγόρασα, σού αγόρασε ο πατέρας μου, διότι ήσουνα φτωχός, όλα τα βιβλία της πέμπτης τάξεως!...

– Με μιαν επίσκεψη δεν ξεπληρώνονται τα βιβλία, Γιάννη...

– Με συγχωρείς, Κωνσταντίνε, δεν πιστεύω να σε πείραξε αυτό...

– Όχι, παρακαλώ. Φοβάμαι όμως μήπως πείραξε εσένα...

– Νερό και αλάτι, Κωνσταντίνε, αφήστε τα όλα αυτά, είπε παρεμβαίνοντας η Ελένη.

– Αυτό θυμίζει «γη και ύδωρ»![1] Αλλά ας πούμε κάτι άλλο..., πρόσθεσα

– Έχει αυτό καμιά σχέση με μένα, Κωνσταντίνε;

– Μα, δεν μας ζήτησες τέτοιο πράμα εσύ, μολονότι είσαι ... αναμμένος!

– Χμ! Καλά, πώς μπορείτε και κάθεστε εδώ στη λαγκάδα;

– Εδώ δεν φτάνουν τα καυσαέρια, απάντησα με νόημα.

– Στο χωριό δεν μπορείς να πεις πώς έχει καυσαέρια, ανταπάντησε.

– Σού θυμίζει μήπως ... καυσαέρια, ρώτησα.

– Το χωριό ετοιμάζεται για το πανηγύρι της Παναγιάς στις 15 Αυγούστου. Το πανηγύρι του Δεκαπενταύγουστου. Θυμάσai με πόση χαρά το περιμέναμε, είπε αλλάζοντας θέμα συζήτησης.

– Ήμασταν κι εμείς παιδιά. Τέτοιες στιγμές περιμέναμε να μας ποτίσουν με χαρά, παρατήρησα. Σήμερα ο κόσμος είναι για τα... πανηγύρια, πρόσθεσα.

– Και η τρέλα για τα ... βράχια, είπε ρίχνοντας το «καρφί».

– Δικά σου είναι τα βράχια και, συνεπώς, μπορείς να τη διώξεις την ... τρέλα..., είπα!

– Ε, λοιπόν, Κωνσταντίνε, μ' έκανες να γελάσω...

– Τί ανάγκη έχεις εσύ, Γιάννη! Κτήματα έχεις, πρόβατα έχεις και βοσκούς έχεις...

– Τί να τα κάνεις όλα αυτά, Κωνσταντίνε! Τί να τα κάνεις όταν πνίγεσαι από της ψυχής τα... καυσαέρια, που ... υπαινίχθηκες...

– Δεν ντρέπεσαι, νοικοκυρόπαιδο, και μιλάς έτσι, λέει η Ελένη.

– Έπρεπε κι εγώ να σπουδάσω. Τώρα χτυπάω το κεφάλι μου. Δεν σ' άκουσα, Σας ζηλεύω, Κωνσταντίνε. Σας φθονώ, Ελένη...

– Η μόρφωση είναι απλώς βοτάνισμα στις ανθρώπινες ψυχές. Μα, η δική σου ψυχή, Γιάννη, δεν βοτανίζεται. Τα βράχια δεν βοτανίζονται, τα βράχια πλακώνουν, είπα ... αλληγορικά!

– Πήρα το δρόμο γα τα βράχια, σα να με έσπρωχνε μια πελώρια δύναμη, που μού έβαλε φτερά στα πόδια, που μού θόλωσε το μυαλό, που μού πιτσίλισε το πρόσωπο σαν το

τρέξιμο στο λασπόδρομο και δεν μπορώ να κρατηθώ, είπε ο Γιάννης.

– Τα παραλές, φίλε Γιάννη, είπα. Εμείς, μη νομίζεις, σε καταλαβαίνουμε...

Η Ελένη χάιδεψε τον Γιάννη στο πρόσωπό του, είδε το πάθος του, μα τί μπορούσε να τού κάνει; Τί φταίει ένας ανεύθυνος για έναν υπεύθυνο; Τί μπορούσε να τού δώσει για να ξεθυμάνει τον πόθο του; Η αγάπη είναι κάτι διαφορετικό απ' αυτό. Μη δημιουργείς τον πόθο για να βρεις την αγάπη. Η αγάπη όμως δεν φυτρώνει στα κακοτράχαλα βράχια! Η αγάπη λάμπει στα βράχια! Και είναι πιο ψηλά απ' αυτά. Είναι στο θόλο της ψυχής, το γαλάζιο.

Μόλις και μπόρεσε να σηκώσει τα σκοτεινά μάτια του. Μόλις μπόρεσε να μιλήσει. Δεν μπορούσε να κρατηθεί. Μπορεί να μην αισθανθείς τη φλόγα της φωτιάς; Η Ελένη τού έκοβε τα κεφάλια του πόθου και του ερωτικού πάθους με τη δική της δύναμη, μα στη θέση του ξεπετάγονταν πύρινες γλώσσες. Εγώ από την εκτίμησή μου γι' αυτόν δεν είχα τίποτε άλλο να δώσω. Τού στάθηκα καλός φίλος, μα σ' αυτές τις περιπτώσεις η εικόνα μου θόλωνε στα γεμάτα από το μίσος μάτια του.

– Πότε θα φύγετε, Κωνσταντίνε, ρώτησε αμήχανα ο Γιάννης.

– Το βράδυ, Γιάννη, απάντησα. Θα φύγουμε με τη δροσιά. Κάτσε. Θα περάσουμε ωραία…

– Θα φύγω. Έχω κάποια δουλειά στο χωριό, είπε.

– Όπως θέλεις, είπα. Πάντως, αύριο το πρωί, αν θέλεις, έλα. Θα σε περιμένουμε στα βράχια. Θ' ανεβούμε στην κορφή, θα τραγουδήσουμε και θ' αναχωρήσουμε μόλις θα έρθει ο Μήτρος με τ' αρνί , είπε παρεμβαίνοντας η Ελένη!...

– Ωραία, Γιάννη, Μην αρνηθείς τη χαρά δύο παιδικών σου φίλων!

– Εντάξει. Αύριο το πρωί θα σας βρω στα βράχια, απάντησε κάπως σκεφτικός, ξύνοντας το κεφάλι του. Αν είναι όμως μόνο για τ' αρνί του Μήτρου, δεν είναι ανάγκη να έρθεις και εσύ Ελένη…

– Όχι! Θέλω να είμαστε και οι τρεις, αντέδρασε αυθόρμητα η Ελένη. Μην έρθεις όμως άκεφος, όπως σήμερα.

– Καλά, φεύγω, είπε με σκυμμένο το κεφάλι…

– Κάνει πολλή ζέστη, άνθρωπε του θεού, παρατήρησα…

– Σιγά , σιγά θα πάω στο χωριό. Σας χαιρετώ. Γεια σας, είπε παρουσιάζοντας μιαν εικόνα, καθώς αναχωρούσε, ερπετού…

– Στο καλό, Γιάννη, κι όπως είπαμε, φώναξε η Ελένη.

«Εκοψε» δρόμο στις καλαμιές με ένα περπάτημα σαν αυτό το Μήτρου! Περίεργο! Δεν γύρισε καν το κεφάλι του. Η ίδια δύναμη που τον έσπρωξε προς τα εδώ τον σπρώχνει τώρα προς τα πού, διερωτήθηκα. Η Ελένη αγνάντευε μακριά σα να ήθελε να βάλει φρένο σε κάτι που θέλησε να πάρει ένα δρόμο, εκείνο της απότομης κατηφόρας! Και καθώς βλέπεις να ξεμακραίνει, χάνεται στο θάμπωμα των ματιών και η τελευταία ανάσα.

– Στη χώρα με τα βρυσονέρια, Ελένη, στη χώρα με τα βράχια, είδες από κοντά τους αητούς!... Είδες τις βρωμερές φτερούγες τους ; Άκουσες την απαίσια φωνή τους; Άρπυιες[2] αδειάζουν το τραπέζι μας και στη μέση βάζουν μια λέξη: Θάνατος!...

– Διάβασε, Κωνσταντίνε, σε παρακαλώ τις «Άρπυιές» σου. Θέλω να τίς ακούσω. Τίς βλέπω μπροστά μου!... Εμπρός, ... Ιάσονα...

– Μια στιγμή να ψάξω. Είναι παλιοί μου στίχοι... Τους βρήκα:

Τις Άρπυιες τις θεσόσταλτες
που τρώνε την τροφή μου,
τις ταχύφτερες, νυχόγαμψες παρθένες,
Αργοναύτες, διώξτε.
Ακούστε το βουητό, στον ουρανό πετούνε,
κοιτάξτε και τη βρωμαργιά π' αφήσανε.
Ο Όλυμπος φοβήθηκε και μίσησε το Φως μου
γιατί σε άλλους τόδινα.
Κλονίστηκαν τα πλάγια του,
έτριξαν τα ριζά του,
πέσανε οι θρόνοι οι ψεύτικοι
στημένοι στα πτώματα των δούλων.
Πόσο ανταριάζει η Ζωή
όταν το Φως σού παίρνουν,
πόσο σκοτάδι απλώνεται κει που η κορφή
τον ήλιο τάχα σημαδεύει;
Ακούγεται ο πάταγος των Συμπληγάδων,
άνεμοι βίας σπρώχνουνε τις πέτρες με μανία.
Μαύρη αντάρα στο στενό
δεν θέλω να σας ντύσει.
Αφήστε το κατάλευκο να τρέξει περιστέρι,

να δείτε τη μανία.

– Πάντοτε ένας Φινέας[3] σ' ένα στενό, πάντοτε ένας Τειρεσίας[4] σ' ένα σκοτεινό λαγκάδι, η δύναμη με τη δύναμη σκοτώνει. Πάντοτε Άρπυιες σπαράζουν τα ήσυχα μάτια που προλένε, που προφητεύουν. Αυτή είναι η μόνη ανησυχία τους, είπε κάπως προβληματισμένη η Ελένη.

– Καλή μου, έτσι είναι ο κόσμος. Όλοι αυτοί που γυρίζουν δεν ψάχνουν τίποτε παρά μόνο τροφή για το μίσος. Σκυμμένα κεφάλια, σα ράμφος όρνιθας στο αλώνι. Μα, κάτι μένει για να σκάσει και πάλι το βλαστάρι, να βγει πάλι η Ζωή θρεμμένη και δυναμωμένη από τις βρωμαργιές του εχθρού που πάτησε τ' αλώνι!... Είναι η δύναμη που συντροφεύει πάντοτε αυτόν που θέλει να ζήσει, να πεθάνει και να αναστηθεί...

– Ονειρεύτηκα μια Ζωή, Κωνσταντίνε. Από το όνειρο ξεπήδησε ορμητικό Φως που έκαψε το ακάνθινο στεφάνι και στη θέση του έμεινε ένας φωτοστέφανος.

– Εγώ ζω αυτή τη Ζωή στη ... «χώρα των ασφοδέλων». Εδώ στ' απόσκια που είμαστε. Ετοιμάσου για την επιδρομή της άρνησης!...

– Είμαι κι εγώ πάντα μαζί σου, κοντά σου, πάντα κοντά σου, αγαπημένε! Πανιά κατάλευκα θα φουσκώσουν και στα φτερά τους ο χρόνος θα βάλει πλώρη...

Στηρίχθηκε πάνω μου! Πού αλλού θα εύρισκε πιο γνήσιο αποκούμπι στηριγμένο στο δυνατό βάθρο της αγάπης; Ένιωσα το συγκλονισμό της, ένιωσα τη δύναμή της στη «ζώσα» ανάσα της, στο ανεβοκατέβασμα των σφιχτών βυζιών της, ως «δύο νεβρών δίδυμων δορκάδος», όπως λέει ο ποιητής του «Άσματος Ασμάτων». Αυτοί οι δίδυμοι νεβροί δορκάδος είναι ο αιώνιος θρόνος της ζήσης, της αγάπης!

– Κράτησέ με , Κωνσταντίνε, κράτησέ με, μού είπε. Διώξε τις Άρπυιες που σε τριγυρίζουν, που μάς τριγυρίζουν!... Όχι! Δεν θα σ' αφήσω να πεθάνεις, να πεθάνουμε!...

– Αγάπη μου, στους κύκλους του ήλιου μην ξετυλίγεις το αδράχτι σου και μην υφαίνεις με το νήμα του της σελήνης το πέπλο!

– Όχι, όχι, μού απάντησε με τη γλυκιά φωνή της! Οι καιροί γυρίζουν, το κέντρο τους μένει σταθερό: Θάνατος!...

– Ποιες σκέψεις, καλή μου, θέλουν να βάλουν στον κύκλο που κάνουν γύρω απ' αυτό το μεγαλύτερο κύκλο της Ζωής με κέντρο την Αγάπη; Δεν νικήθηκε ο θάνατος ή, καλύτερα, δεν γέμισε ο κύκλος του Γολγοθά από τον Κήπο της Γεσθημανή;

– Ναι, καλέ μου! Αχρείαστος ο πηγαιμός των μυροφόρων. Οι μυροφόρες σκέψεις γεννιούνται από τις μυροφόρες λύσεις! Άρα, βασίζονται στον θάνατο! Αλλιώς, δεν θα ήταν μυ(ο)φόρες...

– Ο Φινέας, αγαπημένη μου, κράζει! Ο πάταγος ακούγεται στις Συμπληγάδες. Οι Άρπυιες σφηνώνονται στης ψυχής αγνό τραπέζι και προσπαθούν να στήσουν το αιώνιο Φως...

– Κι εμείς, Κωνσταντίνε, κράζουμε! Ο δρόμος για την αγάπη ένας είναι. Πρέπει να κοιμίσεις τον φύλακα δράκοντα «Μίσος» για να την αρπάξεις! Εμπρός, λοιπόν, εσείς οι καπνισμένοι από ρουθουνόφλογους ταύρους[5], τί κάθεστε; Χρειάζεστε να οργώσετε τον αγρό του μίσους. Εκεί, ο θάνατός σας είναι βέβαιος...

– Ψυχή μου, δεν φοβάμαι τίποτε. Η «χώρα των ασφοδέλων» μας αγκαλιάζει!...

– Πυρωμένες οι λέξεις σου, αγαπημένε μου, που στη συνέχεια γίνονται λάβα για να λιώσουν τα εμπόδια...

– Πάμε, καλή μου, να δροσίσουμε λίγο τα πρόσωπά μας στη βρυσομάνα. Κάνει πολλή ζέστη σήμερα. Άλλωστε, είναι καλοκαίρι.

Κοντά ήταν η βρυσομάνα. Πιασμένοι σφιχτά χέρι χέρι βαδίζαμε. Εδώ είναι πιο βαθύσκιωτο το μέρος, καθώς το γεροπλατάνι με τα δασιά κλαριά του δεν άφηνε τα απολλώνια βέλη να διαπερνούν τα πράσινα ζωνάρια του.

– Μπούζι είναι το νερό, Κωνσταντίνε! Κάτσε να σε δροσίσω.

– Καλή μου, η βρύση είναι μία αντίδραση στα λιοπύρια. Πόσο αξίζει η δροσιά της.

– Να φέρω το σακούλι να φάμε; Πιστεύω να πείνασες.

– Εδώ πάντα πεινάει κανείς. Ο καθαρός αέρας, το κρύο νερό, τα πράσινα χορτάρια...

– ...Η ησυχία, η γαλήνια Ζωή, η ηρεμία γεννούν την όρεξη!... Αυτό δεν ήθελες να πεις, συμπλήρωσε η Ελένη.

– Κράξε, Ελένη, τη χαρά να στήσει το χορός της στη βραχοχώρα...

– Μετά από το φαγητό να πούμε ένα τραγούδι, Κωνσταντίνε;

– Θα τραγουδήσουμε ένα δικό σου ποίημα. Έτσι δεν λέει ο Παλαμάς; «Ποίηση είναι ο λόγος που πάει να γίνει τραγούδι», συμπλήρωσα.

– Τότε να προσπαθήσουμε να γίνει τραγούδι... πρόσθεσε η Ελένη!...

– ... Που μερικές φορές γίνεται ... θρύλος ή θρήνος!...

– Πού είναι το γνήσιο δημοτικό τραγούδι; Παρατήρησες τι χορεύουν σήμερα στα πανηγύρια, ρώτησε η Ελένη.

– Το έχω παρατηρήσει. Όμως το δημοτικό έγινε τραγούδι, διότι ήταν ποίηση... σημείωσα.

– Καταλαβαίνεις, αγαπημένε μου, πού μπορούν να τή φτάσουν την ψευτοποίηση! Υπάρχουν, βλέπεις, και οι ψευδοπροφήτες. Ψευδοπροφήτες των οποίων οι προφητείες σβήνουν με τις προφητείες κάποιου άλλου...

– Η ποίηση, καλή μου, είναι θεά. Δεν πεθαίνει ποτέ. Μάταια προσπαθούν να την πληγώσουν, να τη λοιδορούν, να την εξαφανίσουν. Τα σχήματά της είναι τα ίδια, τα άλλα είναι στολίδια. Ο Λαμαρτίνος προτρέπει:

«Ψάλλετε προς τους νέους καιρούς
τα αιώνια τα τροπάρια!».

– Ποιος μπορεί ν' ακούσει τα τροπάρια αυτά, τα αιώνια τροπάρια, όταν γύρω όλα πεθαίνουν, εξατμίζονται με τη δυνατή φωτιά και στη στάχτη μένει ύστερα τα στεγνό τους πάθος για να κρυώσει μαζί με τη στάχτη, παρατήρησε η Ελένη με μια φωνή που σιγόβγαινε...

– Ελένη μου, την ποίηση δεν μπορεί κανείς να την πιάσει! Την ποίηση την ακούμε. Βγαίνει κάποιο βάθος, ξεχύνεται στις ηλιοχτυπημένες ξέρες και δροσίζει, ποτίζει, ζωογονεί, ανασταίνει. Ακούς και το κελάρυσμά της στα στρογγυλά πετραδάκια της βρυσομάνας, πέφτει απότομα πολλές φορές σε χαράδρες και παρασέρνει με τη δύναμή της ό,τι άχρηστο και σάπιο! Αυτή είναι η ποίηση. Η ομορφιά, η νιότη, η Ζωή, ο θάνατος, οι δυσκολίες, ο έρωτας, ο πόθος, η αγάπη, οι σκέψεις συμμαζώνονται σ' ένα και κάνουν τη σκέψη μουσική, η οποία σαν ιδέα ξεπετάγεται από το στόμιο της συνείδησης και συγκλονίζει με τη δύναμή της και χαράζει ένα δρόμο, το δρόμο της αλήθειας, του ωραίου, του καλού. Η ποίηση είναι λύτρωση και όσοι δεν στέκονται ευλαβικά μπροστά της γίνονται τρίμματα στο περίβολό της. Θαρρώ πως η ποίηση είναι κάτι παραπάνω απ' αυτά. Δεν θα διστάσω να το πω. Ήπια αρκετά από τα νάματά της και εκείνα με δυνάμωσαν. Ποίηση, είναι ο ρυθμικός λόγος, που φανερώνει τις αρρυθμίες της πεζότητας! Είναι ψαλμός της αρμονίας και επιτάφιος για τους αρνητές της...

– Δεν θα σού έκοβα την «ωδή» προς την ποίηση, αν δεν είχα κι εγώ να προσθέσω κάτι, είπε η Ελένη.

– Ωραία, αγάπη, μπορείς να πεις αυτό που πιστεύεις και αν στα παραπάνω δεν βρίσκεις την ορθή τοποθέτηση, ανυπομονώ ν' ακούσω τη δική σου.

– Καλέ μου, το θέμα παίρνει αρκετή συζήτηση και όλοι οι ορισμοί της ποίησης εκφράζουν ένα διαφορετικό τρόπο πίστης προς τον ίδιο τον Θεό. Πάντως, όλοι καταλήγουν εκεί, αφού, όπως είπες όλα περνούν από τη συνείδηση και όλα επιδιώκουν την καθαρότητα της σκέψης και της ιδέας ως πυρήνα για τη δημιουργία του συναρπαστικού ποιητικού κόσμου. Για μένα η ποίηση είναι μελωδία των χορδών της ψυχής... Αυτό θα το διαπιστώσουμε σε λίγο, όταν θα «κρούσωμεν» τις χορδές αυτές και θα κρεμάσουμε τις κιθάρες μας από το στόμα των πουλιών.

– ... Τότε θα πάψει να είναι ψευδοτράγουδο που θέλει να αχρηστεύει τις χορδές της ποίησης, πρόσθεσα! Είμαστε τώρα έτοιμοι για ... υλική τροφή, τή διέκοψα.

– Ναι, είμαστε έτοιμοι.

Στρώσαμε στο δροσερό χορτάρι το … «τραπέζι» μας, αφού θέσαμε …«επί χορτοτάπητος» όλα τα προβλήματα που βασανίζουν τους νέους και κράζουν για μια λύση. Ξαφνικά ακούμε βήματα! Ήταν ο κυρ Νίκος.

– Καλή όρεξη, ζηλευτά νιάτα!

– Ευχαριστούμε, κύριε Νίκο. Ελάτε. Κοπιάστε. Καθίστε. Θα σού προσφέρουμε και μεζέ! Με αυτά τα λόγια τον καλοδέχτηκε η Ελένη.

– Ευχαριστώ, παιδιά μου, ευχαριστώ. Μόνο μόλις ξεϊδρώσω θα πιω λίγο νερό. Ξεράθηκε το λαρύγγι μου.

– Λοιπόν, κύριε Νίκο, τί νέα, τον ρώτησα.

– Τίποτα, Κωνσταντίνε. Προχτές ιδωθήκαμε από μακριά στο χωριό. Είσαι εκλεκτό παιδί, Κωνσταντίνε…

– Και τί έχουμε να μοιράσουμε, κύριε Νίκο, του απάντησα.

– Αυτό πού είπες, αυτό ακριβώς κατάλαβα στη ζωή μου. Καλή καρδιά, καλός άνθρωπος και δεν πας χαμένος…

– Ευκαιρία να μας πεις κάτι, παρακάλεσε η Ελένη.

– Σεις είστε μορφωμένα παιδιά και θα ξέρετε περισσότερα από μένα. Εγώ κρατάω μόνο το βάρος των περισσότερων χρόνων και της πείρας. Τρόμαξα να βγάλω δυο τάξεις από το σχολαρχείο τότε. Δεν είχα κλίση για γράμματα. Τώρα το μετάνιωσα. Τα γράμματα είναι Φως. Αυτά τα λίγα όμως που έμαθα φάνηκαν χρήσιμα!

– Είναι μεγάλη αλήθεια, λέει η Ελένη.

– Δεν βαριέσαι, καλά είμαστε. Αγώνας η ζωή, όπως λένε…

– Από το χωριό έρχεστε, κύριε Νίκο, τον ερώτησα.

– Πηγαίνω τώρα στα γρέκια. Πάω να δω τα παιδιά, τους πιστικούς μου, τους βοσκούς μου. Έχουμε πανηγύρι μεθαύριο και θα τους πω να καθίσω εγώ με τα πρόβατα. Ας γλεντήσουν κι αυτοί λίγο. Νέοι είναι. Ερωτευμένοι μπορεί να είναι. Είμαι ευχαριστημένος! Έτσι είναι, παιδιά μου, και αυτοί κουράζονται. Δεν έτυχαν να έχουν κληρονομιά μεγάλη και βοσκοτόπια. Ε, πρέπει να πεθάνουν; Εγώ μοιράζω με τους δυο βοσκούς μου τα κέρδη. Δόξα σοι ο Θεός!

– Δόξα σοι ο Θεός, κύριε Νίκο! Διότι σήμερα ακούμε για πρώτη φορά τέτοια ανθρώπινα ωραία λόγια από έναν καλό άνθρωπο, πετάχτηκα με χαρά για να τον συγχαρώ...

– Μη λες μεγάλο λόγο, Κωνσταντίνε. Όλοι μας θέλουμε το καλό, μα πάμε αντίθετα και τσακιζόμαστε. Να σας πω κάτι δικό μου νεανικό, μια και το έφερε η συζήτηση και είναι και η Ελένη κοντά μας. Η ομορφιά και η καλοσύνη της Ελένης είναι αντίγραφο της μακαρίτισσας της μητέρας της, της Μαρίας. Δεν πεθαίνει τίποτε, παιδιά μου! Όλα ζουν! Θέλετε να σας πω αυτό το νεανικό μου ντέρτι;

– Και πολύ μάλιστα, φωνάξαμε και οι δύο!

– Λοιπόν, ήμουνα νέος. Αχ, νάταν τα νιάτα δυο φορές, όπως λέει και το υπέροχο αυτό δημοτικό τραγούδι! Η Μαρία ήταν γειτόνισσά μου. Εγώ έμενα στο πατρικό μου σπίτι. Πήγαινε τότε στο γυμνάσιο η Μαρία, ας το πούμε έτσι να μη σας μπερδεύω, διότι αλλιώς λεγόταν τότε και αλλιώς σήμερα! Στην καρδιά μου καρφώθηκε το αγκάθι, που λέτε, του έρωτα και πονούσα, πονούσα πολύ...

– ... Γιατί, κύριε Νίκο, τον διέκοψε η Ελένη.

– Τι έφταιγε η κοπελίτσα! Εγώ όμως το κρατούσα το αγκάθι στην καρδιά μου. Είχα σταματήσει το σχολείο και κοίταζα πια την περιουσία μου, την περιουσία του πατέρα μου. Η Μαρία έβγαλε το γυμνάσιο και ετοιμαζόταν για εξετάσεις για την εισαγωγή στο Πανεπιστήμιο. Το καλοκαίρι ερχόταν στο χωριό. Είχα παρατήσει όλες τις δουλειές μου και καθόμουνα στο παράθυρο απέναντι από το μπαλκόνι της. Πήρα να τής γράψω ένα γράμμα, να τής φανερώσω τη φωτιά μου, τον έρωτά μου! Ντρεπόμουνα.

– Γιατί, κύριε Νίκο, ξαναρώτησε η Ελένη.

– Τί μπορούσα να γράψω; Πολλά και διάφορα. Σκέφτηκα ν' αρχίσω από τ' αστέρια, απ' το φεγγάρι, τα λουλούδια και τα γλυκά ερωτικά τραγούδια, αλλά φοβόμουνα καμιά συντριβή στα μούτρα μου! Τί είχα πάθει, παιδιά μου, δεν μολογιέται.

– Και τί έκανες, κύριε Νίκο; Έμεινες να … κοιτάζεις μόνο τ' αστέρια, τον ερώτησα.

– Με κοροϊδεύεις, Κωνσταντίνε. Κι έχεις δίκιο! Δεν ήμουνα βέβαιος ακόμα αν είχε καταλάβει τίποτα! Αποφάσισα να πάω ένα βραδάκι στο σπίτι της, καθώς την είδα να διαβάζει στο μπαλκόνι της. Ντύθηκα καλά, χτένισα με επιμέλεια τα πλούσια μαλλιά μου, κοιτάχτηκα πέντε έξι φορές στον καθρέφτη μέχρι που βεβαιώθηκα πως κάτι αξίζω! Και παίρνω το δρόμο του … μαρτυρίου! Η Μαρία με είδε που πλησίασα και μού φώναξε: Νίκο, πέρασε από δω να μού κάνεις και παρέα!... Αγαπητά μου παιδιά, ο κόσμος γύρισε ανάποδα... Έλα, συνέχισε. Θα πιούμε και καφεδάκι! Φαρμάκι πρέπει να μού δώσεις, Μαρία, σιγοψιθύρισα... Ανεβαίνω τα σκαλιά. Τί ομορφιά! Μού την έδωσε!

– Ε, κύριε Νίκο, όχι τέτοια λόγια, παρατήρησα.

– Δίκιο έχεις, αλλά και εγώ, Κωνσταντίνε! Μούδωσε κάθισμα. Κάθισα. Έκλεισε το βιβλίο της. Ήταν χαρούμενη. Η αλήθεια είναι πως δεν πίστευα αν όλα αυτά ήταν πραγματικότητα ή όνειρο! Θα ετοιμάσουμε το καφεδάκι μας και θα τα πούμε με την ησυχία μας, συνέχισε... Σα να με χτύπησε κεραυνός! Είπα να φύγω γρήγορα. Τόχει καταλάβει, συλλογίστηκα. Κρεμάστηκα στην καρέκλα και δεν θυμάμαι αν τα πόδια μου ακουμπούσαν στη γη! Ήμουνα μετέωρος! Έτοιμοι για να απολαύσουμε το καφεδάκι μας, είπε! Για μένα ήταν μαρτύριο. Ένας κρύος ιδρώτας έτρεχε το κορμί μου και σε μια στιγμή είπε: Γειτονόπουλα, Νίκο, και περνάς από την πόρτα και δεν μάς μιλάς. Ξέχασες τα παιδικά μας παιχνίδια; Έπεσε κι άλλος κεραυνός! Δεν ξέρω από πού πήρα τη δύναμη και αποφάσισα να μπω στο «χορό» αυτό και να αποφύγω το μαρτύριο της σταγόνας! Τότε ήμασταν παιδιά, της είπα. Τώρα άλλες σκέψεις μάς βασανίζουν και αβέβαιες ελπίδες μας τυραννούν, συνέχισα. Έχεις δίκιο, μού είπε. Έχεις αναλάβει το βάρος πια της οικογένειας και της μεγάλης περιουσίας σου. Έχεις πολλές φροντίδες, πρόσθεσε. Όμως αυτό δεν σημαίνει ότι πρέπει να ξεχάσεις και τους φίλους σου, συμπλήρωσε. Τρίτος ... κεραυνός! Το τελευταίο με «σκότωσε»! Ήταν άραγε ειρωνεία για έναν αδύνατο νέο ή κάτι που δυνάμωσε περισσότερο με την αδυναμία μου; Για να μη σας πολυλογώ, αποφάσισα να το πω στα ίσια. Ήταν μια ευκαιρία άλλωστε. Σήκωσα τα μάτια μου που πετούσαν τις δυνατές φλόγες της αδυναμίας μου και μίλησα: Μαρία μου, θα το πω. Θα σού το πω για να ξαλαφρώσω. Έχεις δικαίωμα να μού πεις ό,τι θέλεις... Και ήρθε ο τέταρτος ... «κεραυνός»! Σε ευχαριστώ, Νίκο, μού είπε. Είναι μία σκέψη που σε βασανίζει. Γι' αυτό σε φώναξα! Το είχα καταλάβει. Όταν και εσύ το καταλάβεις το ορθό μια ημέρα θα μού πεις «ευχαριστώ». Αυτό που πιστεύεις τώρα ίσως να είναι η αρχή για κάτι καλύτερο. Τότε θα καμαρώνεις γιατί στάθηκες πάνω από τα πράγματα και έπιασες την πραγματικότητα, μού είπε! Φτάνει, Μαρία, τη διέκοψα. Σ' ευχαριστώ για τα καλά σου λόγια. Ήταν μια βλακεία! Συγχώρησέ με! Θα κοιτάξω να γίνω σαν κι εσένα. Μού είναι αρκετά όλα αυτά... Πίστεψα στα λόγια της. Ήταν καθαρά και γνήσια σαν την ομορφιά της. Έπρεπε να πνίξω αυτές τις σκέψεις μου. Κατάλαβα ήταν πάθος. Το πάθος, παιδιά μου, δεν σε αφήνει να διαλέξεις τον καλό δρόμο. Εγώ είχα χαθεί στους δρόμους μου. Εκείνη μού έδειξε τον ορθό, τον καλό δρόμο. Εκείνη μορφωμένη. Εγώ ένας αγράμματος κτηματίας! Εκείνη με όνειρα διαφορετικά από τα δικά μου. Αυτά όμως δεν εμποδίζουν τον καθένα ν' αγαπάει και να εκτιμάει. Αυτό το βρήκα στη Μαρία. Από τότε για μένα η Μαρία ήταν η καλύτερη φίλη μου και πρέπει να σας πω έμαθα πολλά απ' αυτήν και όλα μού χρειάστηκαν. Έτσι κι εσείς να είστε αγαπημένοι και να αγαπάτε όλους. Σάς κούρασα λίγο με τα κατεβατά για το παλιό μου ντέρτι, για τους «κεραυνούς» μου, αλλά τί να κάνουμε, εμείς οι μεγαλύτεροι έχουμε υποχρέωση να σας τα λέμε!

– Πολύ ωραία τα λόγια σας, κύριε Νίκο. Λόγια που καρποφορούν στις νεανικές ψυχές, είπε η Ελένη.

– Και τώρα, συμπαθάτε με που θα σας αφήσω. Πρέπει να φύγω. Μα, επιτρέψτε μου να σας πω κάτι για τον Γιάννη. Σού είναι παιδικός φίλος, Κωνσταντίνε. Όμως, θέλω να σε προειδοποιήσω πως πρέπει να προσέξεις αυτά που θα σού πω. Ο Γιάννης γυρίζει στα καφενεία του χωριού μεθυσμένος και όλο για τα βράχια μιλάει. Ο Μήτρος , στο πλευρό του, όχι όμως μεθυσμένος, προσπαθεί να τον ησυχάσει. Όταν έφυγα, τον πήγαν στο σπίτι του ... «σηκωτό»!

– Τί μπορούμε να κάνουμε εμείς, κύριε Νίκο, παρατήρησα.

– Αχ, παιδιά μου, «από δικό μου πόνεμα πονώ τους πονεμένους» και τους ... φοβάμαι όταν δεν έχουν ... μυαλό!...

– Ναι, αλλά σε εσάς «έπιασε» το «γιατρικό» της μακαρίτισσας Μαρίας...

– Σας λέω μόνο τούτο: προσέξτε!... Προσέξτε περισσότερο τον Μήτρο!... Είναι διάολος μεταμορφωμένος!... Σας χαιρετώ!

Μείναμε για λίγο σκεφτικοί και οι δυο μας. Η Ελένη μετά από λίγο ξέσπασε:

– Τί να τού κάνουμε, Κωνσταντίνε; Είναι τρελός!...

– Το μόνο που μπορούμε να κάνουμε είναι να φυλαγόμαστε από τους τρελούς!...

– Άρχισε να φυσάει λίγο, είπε η Ελένη. Τί ώρα είναι, ρώτησε.

– Τρεις, απάντησα.

– Καλά τί γίνεται σήμερα; Μεγάλη παρέλαση στα βράχια. Μεγάλη κίνηση έχουν τα βράχια. Ένας φεύγει, άλλος έρχεται, παρατήρησε η Ελένη.

– Δεν ξέρω τί ετοιμάζει στο εργαστήρι του ο Ήφαιστος![6] Μόνο σπίθες βλέπουμε τώρα...

– Θεέ μου, τί κόσμος, φώναξε απελπισμένα η Ελένη.

– Όμορφος κόσμος για να βασανίζεται από διαβόλους, τόνισα.

– Άσε τον, άσε τον. Χίλιες φορές το έχουμε πει. Εμείς οι ίδιοι καπνίζουμε τις γωνιές μας με τις δικές μας τις καπνιές, παρατήρησε μελαγχολικά η Ελένη!...

– Όποιος τίς κρατήσει καθαρές είναι κερδισμένος και δεν έχει ανάγκη οινοπνευματωδών ποτών και άλλων ουσιών για να βρεθεί σε τεχνητούς παραδείσους...

Παραπομπές

[1] **«Γη και ύδωρ»**. *Με τη φράση αυτή, που αναφέρει ο Ηρόδοτος, οι Πέρσες ζητούσαν από αυτούς που κατακτούσαν να παραιτούνταν από κάθε δικαίωμα πάνω στη γη τους και στα αγαθά της. Η φράση «γη και ύδωρ», ακόμα και στα νέα ελληνικά, συμβολίζει την υποταγή άνευ όρων σε ένα κατακτητή.*

[2] **Άρπυιες**. *Σύμφωνα με την ελληνική μυθολογία ήταν θηλυκά τέρατα με μορφή πουλιών και με κεφάλι γυναίκας που ήταν οι αγγελιαφόροι του Άδη. Η πιο γνωστή ιστορία που αναφέρεται στις Άρπυιες, τις περιγράφει ως τιμωρούς του μάντη Φινέα. Ο Φινέας είχε τυφλωθεί από τον Δία επειδή απεκάλυπτε τις προθέσεις του στους ανθρώπους. Έτσι, ο Δίας τού έστειλε τις Άρπυιες, που του άρπαζαν την τροφή ή τη λέρωναν με τις κουτσουλιές τους, ώστε ο μάντης να είναι πάντα πεινασμένος. Από αυτό το βάσανο τον απάλλαξαν οι Αργοναύτες, οι οποίοι μόλις πέρασαν από κοντά, σταμάτησαν για να τον συμβουλευθούν.*

[3] **Φινέας**. *Μάντης της ελληνικής αρχαιότητας.*

[4] *Τειρεσίας. Στην ελληνική μυθολογία ήταν περίφημος ανά το πανελλήνιο Θηβαίος μάντης. Σε μια αντιδικία που είχαν ο Δίας με τη σύζυγό του, την Ήρα, κάλεσαν τον Τειρεσία για να πάρουν τη γνώμη του, αφού οι δύο θεοί γνώριζαν ότι είχε υπάρξει και άνδρας και γυναίκα διαδοχικά. Το ερώτημα που τού έθεσαν ήταν: «Ποιος ηδονίζεται περισσότερο στο σεξ, ο άνδρας ή η γυναίκα;» Ο Τειρεσίας απάντησε αδίστακτα: «Εφτά φορές περισσότερο η γυναίκα!» Η Ήρα θύμωσε από αυτή του την απάντηση, και για να τον τιμωρήσει τον τύφλωσε! Ο Δίας τότε, για να τον αποζημιώσει, του έδωσε το χάρισμα της μαντικής και διάρκεια ζωής εφτά γενεών.*

[5] *Ταύροι. Είναι μια πτυχή κι αυτή της περίφημης Αργοναυτικής Εκστρατείας. Ο Αιήτης μόλις άκουσε πως ο Ιάσονας γύρευε το χρυσόμαλλο δέρας, τού ανέθεσε να ζέψει άγριους ταύρους και να σπείρει το χωράφι, όπου έβοσκαν με δόντια δράκοντα , για να τού δώσει αυτό που ζητούσε. Οι ταύροι, που λέγονται «χαλκόταυροι» είχαν χάλκινες οπλές και χάλκινα στόματα από τα οποία έβγαιναν φλόγες! Οι ταύροι ήταν δώρο του σιδηρουργού των θεών Ηφαίστου στον βασιλιά Αιήτη.*

[6] **Ήφαιστος.** *Στην ελληνική μυθολογία είναι ο θεός της φωτιάς και της μεταλλουργίας. Γεννήθηκε άσχημος και παραμορφωμένος, τόσο που η ίδια η μητέρα του, η Ήρα, τον πέταξε από τον Όλυμπο από τη ντροπή της. Ο θεός –βρέφος έπεσε στη θάλασσα, όπου τον περισυνέλεξαν η Θέτις και η Ευρυνόμη, οι οποίες τον ανέθρεψαν για εννέα χρόνια.*

***

ΚΕΦΑΛΑΙΟ ΕΒΔΟΜΟ

Αναμνήσεις: Η τελευταία ημέρα, η τελευταία νύχτα...

ΕΙΝΑΙ αλήθεια ότι οι προειδοποιήσεις του κυρίου Νίκου προβλημάτισαν έντονα εμένα και την Ελένη. Ξαφνικά ακούσαμε μια φωνή στο βάθος:

– Κωνσταντίνε, Ελένη, Κωνσταντίνε!

– Ποιος φωνάζει, Ελένη, ρώτησα...

– Είναι η φωνή της αδερφής μου! Πού είναι, ρώτησε.

Σηκώθηκα και είδα κάτω στη βρυσόλακκα την Αλεξάνδρα να ψάχνει να μάς βρει φωνάζοντας. Έτρεξα.

– Κωνσταντίνε, Κωνσταντίνε μου. Πού είναι η αδερφούλα μου, με ρώτησε.

– Τί έπαθες, Αλεξάνδρα, ρώτησα απορημένος.

– Φοβήθηκα πως δε θα σας βρω. Κι αυτή η ζέστη μού γέμισε το μυαλό με κακές σκέψεις. Κάθε κλωνάρι που κουνιόταν με φόβιζε...

– Ησύχασε, τής είπα. Δώσε μου το χέρι σου. Πάμε.

– Αλεξάνδρα, αδερφούλα μου! Τί συμβαίνει; Τί κάνει ο πατερούλης μας, είναι καλά ο πατερούλης μας;

– Όλα είναι καλά! Κάτι κακές σκέψεις στροβίλιζαν στο μυαλό μου και δεν μ' άφηναν να ησυχάσω. Εφιάλτες, Ελένη, εφιάλτες...

– Είναι από την πολλή τη ζέστη, Αλεξάνδρα μου. Ησύχασε τώρα. Μη μάς πάρεις κι εμάς για εφιάλτες!

– Ω, Κωνσταντίνε! Μόλις έμαθα πως ήρθες στο χωριό δεν ήθελα να χάσω καιρό. Από τότε ησύχασα. Τώρα δεν φοβάμαι τίποτε...

– Τί συμβαίνει, Αλεξάνδρα, ρώτησε ανήσυχα η Ελένη.

– Τίποτε, τίποτε. Να ξεκουραστώ λίγο. Θέλω λίγο νερό, μάς είπε. Είμαι από δρόμο καταϊδρωμένη... πρόσθεσε.

– Ξεκουράσου τώρα και μετά ξεδιψάμε..., τής είπα.

– Τί καλός που είσαι, Κωνσταντίνε. Γιατί μάς έλειψες τόσο καιρό; Ξέχασες τις δυο αγαπημένες σου;

– Με πόση χαρά φεύγουν από το κάτασπρο οδοντόφραγμα τα λόγια όταν τα πιστεύεις, απάντησα!

– Καλέ μας, Κωνσταντίνε, και πόση χαρά έχουν τα λόγια όταν συνοδεύονται και από πράξεις για σφραγίδα τους...

– Αυτό μού το απόδειξες, Αλεξάνδρα. Δεν χρειάζομαι τίποτε άλλο. Πώς πάνε τα μαθήματά σου;

– Εφέτος τελείωσα τη μέση εκπαίδευση. Τώρα διαβάζω, ετοιμάζομαι για το Πανεπιστήμιο.

– Για ποια σχολή;

– Φιλοσοφική!

– Λοιπόν, θα γίνει οικογενειακή μας επιστήμη. Μπράβο, Αλεξάνδρα. Καλή επιτυχία.

– Πότε θα φύγεις, Κωνσταντίνε;

– Σε τρεις ημέρες.

– Θα φύγουμε μαζί! Βαρέθηκα τη χώρα των βράχων. Εκτός αν μείνεις μαζί μας, είπε η Αλεξάνδρα!

– Πολύ θα ήθελα, μα δεν μπορώ. Με περιμένει το «σιδηρούν ωράριον»!

– Πώς είπες; «Σιδηρούν», ρώτησε.

– Ναι! Είναι ο πιο επιεικής χαρακτηρισμός, απάντησα.

– Γιατί, συνέχισε την ερώτηση η Αλεξάνδρα.

– Διότι είσαι αναγκασμένος, ως εργαζόμενος, να κάνεις οπωσδήποτε το καθιερωμένο ωράριο, έχεις, δεν έχεις δουλειά!

– Και τί θα ήθελες να κάνεις, έσπευσε να ρωτήσει.

– Μια δική μου δουλειά επιστημονική. Να είμαι ελεύθερος! Να διαβάζω, να ερευνώ, να γράφω, να σχολιάζω, να αποκαλύπτω... είπα.

– Δηλαδή, αν κατάλαβα καλά, επιθυμείς να κάνεις ακαδημαϊκή καριέρα, είπε η Αλεξάνδρα.

– Δεν φτάνει η επιθυμία. Χρειάζεται και σκληρή προσπάθεια, σημείωσα.

– Είναι τρομερό, Κωνσταντίνε, λέει η Ελένη. Τώρα που μόλις πάμε να σε χορτάσουμε, θα μάς κακοφανεί που θα φύγεις ξανά, πρόσθεσε.

– Μα, θα υπάρχει συνέχεια στην Αθήνα, Ελένη μου ...

– Μού φαίνεται σαν όνειρο η Αθήνα, λέει η Ελένη. Δεν ξέρω, δεν ξέρω τί μ' έχει πιάσει και τή νοστάλγησα τόσο πολύ! Αχ, πότε θα φύγουμε, Κωνσταντίνε;

– Θα κανονίσουμε να φύγουμε στις 16 Αυγούστου...

– Πες μας, Αλεξάνδρα, γιατί ήρθες στα βράχια, ρώτησε η Ελένη.

– Δεν μπορούσα να σάς περιμένω. Μόλις πήγα σπίτι κάθισα λιγάκι και ετοιμάστηκα, μολονότι ο πατέρας μας μού είπε να μην έρθω γιατί ήμουνα κουρασμένη! Ήθελα να δω τον Κωνσταντίνο, το καλό παιδί! Ο αδερφός μας ο Κωνσταντίνος! Διότι, επιπλέον, με αναστάτωσε ο γιος του Κωστούλα.

– Ο Γιάννης; Πετάχτηκε η Ελένη.

– Ναι, ο Γιάννης, όπως λέγεται. Έστειλε χτες το Μήτρο (γιατί κουνάς το κεφάλι σου, Ελένη;) μ' ένα ραβασάκι, ένα σημείωμα, με το οποίο μού ζητούσε «σχέσεις» και το οποίο έσκισα αμέσως. Εγώ είμαι πλούσιος, μού έγραφε, κι εσύ η γυναίκα των … ονείρων μου! Θέλω να μού δώσεις μιαν απάντησε γιατί λιώνω, σημείωνε. Αυτά τα θυμάμαι διότι μ' έκαναν να γελάσω περισσότερο. Τον φοβάμαι όμως, αδέρφια μου, τον φοβάμαι. Γι' αυτό ήρθα γρήγορα στα βράχια…

– Χμ! Ε, Κωνσταντίνε, τί λες γι' αυτά, με ρώτησε η Ελένη ανήσυχα.

– Τίποτε περισσότερο από ό, τι είπε και σχολίασε η Αλεξάνδρα μας. Γόνε γωνιά καπνισμένης, ως πότε θα βασανίζεις τις ανθρώπινες ψυχές;

– Βάζω στοίχημα πως αυτός δεν είναι καλά στα μυαλά του! Θα κάνει μεγάλο κακό, προφήτεψε η Ελένη!!! Διότι, μετά από τις ανυπόφορες «ενοχλήσεις» προς εμένα, τώρα παρέλαβε και εσένα για σχέσεις, για έρωτα!... Και τί του απάντησες, αδερφούλα μου;

– Τϊ ήθελες να του απαντήσω; Ορθά κοφτά: να μ' αφήσει ήσυχη και ν' ασχοληθεί με τα … πρόβατά του!

– Ωραία απάντηση! Βέβαια, μαθήτριά μου δεν είσαι, απάντησα.

– Μη σε φοβίζει αυτό, Αλεξάνδρα. Μεθύσι είναι και περνάει…, πρόσθεσε η Ελένη.

– Βλάκας είναι και θα είναι!

– Δεν κάνει, Αλεξάνδρα, να εκφράζεσαι έτσι. Είναι, άραγε, υπεύθυνος για τη βλακεία του; Γόνε γονιών γωνιάς καπνισμένης, αναφώνησα.

– Φάγατε, ρώτησε η Αλεξάνδρα, για ν' αλλάξει συζήτηση…

– Τώρα! Τελειώσαμε και ήμασταν έτοιμοι να τραγουδήσουμε, απάντησε η Ελένη. Τώρα μεγαλώνει και η ομάδα!

– Ποιο θα τραγουδήσουμε, ρώτησε η Αλεξάνδρα.

– Ένα δικό μου, απάντησε η Ελένη.

– Ποιο;

– «Το τραγούδι της αγάπης»!

– Α, ωραία! Πάμε, είπε η Αλεξάνδρα:

Τώρα που τη λησμονιά
πήραν τα σύννεφα
και της θύμησης ήρθαν τα πουλιά,
μαζί μ’ αυτά για λίγο θα καθίσω
στης ψυχής σου τα κλωνιά
το δικό μας σκοπό
θα τραγουδήσω.
Ξεπρόβαλες στον κήπο
σαν κρίνος μες στα κρίνα
και της αγάπης χτύπο
έδωκες σ’ εκείνα.

–Τραγούδι–αγγελικό, σε ουρανούς θυμίαμα και «τροπάρι αιώνιο», πότε θα σε ξανακούσω, ρώτησα σχολιάζοντας «το τραγούδι της αγάπης»

– Άρχισες το σχόλιό σου, Κωνσταντίνε, με διέκοψε η Ελένη.

– Ναι, και συνεχίζω, καλή μου! Κι αν τα χείλια της σφραγίσανε τα κλειδιά του μίσους, εκείνα τής ανοίξανε τους αιώνιους και άφθαρτους ουρανούς της αγάπης. Σού έγινε βάρος η χώρα με τα βράχια, μα γι’ αυτά θυσίασες της νιότης σου το κάλλος, για να βγει τροπάρι για να σχίσει τα παραπετά-σματα!... Τα βράχια, ναι τα βράχια, πρόσεξα, καλή μου. Αφού με σέρνει το κρινοστόλιστο χέρι σου στο ριζό τους, μού σηκώνει τα μάτια που τού πλακώνει το τραχιό λιθάρι και με κοιμίζει το τραγούδι σου, όταν ταράζε-ται το είναι μου από το πέσιμό του. Και η δική σου φωνή πάντα ακούγε-ται: Κωνσταντίνε, Κωνσταντίνε! Με φέρνει κοντά σου, όπως ήμασταν και τότε εκείνο το απόγευμα και οι τρεις μας!

– Κωνσταντίνε, με φοβίζουν οι «προφητείες» σου!... Πότε θα φύγουμε, συνέχισε κάπως συλλογισμένη η Ελένη...

– Γιατί, καλή μου, τον τροχό του χρόνου βιάζεις; Εκείνος μόρια πετάει και εμείς μαζεύουμε σπίθες στη χούφτα μας. Θα φύγουμε. Είμαστε κιό-λας έτοιμοι. Ξεκινάμε.

Πήραμε τον ίσιο δρόμο για να πάμε γρηγορότερα στο σπίτι. Κουραστή-καμε να περπατάμε στους χωματόδρομους!

– Πόσο γλυκιά είναι η ώρα του γυρισμού. Κι ας βαραίνει το σώμα η κού-ραση, η νοσταλγία...

– Το ομηρικό «Νόστιμον ήμαρ»[1]; Η γλυκιά ημέρα της επιστροφής, ρώ-τησε η Ελένη.

– Ναι! Αλλά σε «σμίκρυσνη»!

– Έστω και αν «ο θρώσκων καπνός»[2], ο καπνός που ανεβαίνει προς τα πάνω από την καμινάδα του σπιτιού, είναι το τέλος περίπου του νοσταλ-γικού γυρισμού!

– Είναι, Κωνσταντίνε, σημάδι πως κάτι ζη, προσθέτει η Ελένη.

– Για μένα, καλή μου, είναι σημάδι πως κάτι μαύρο συμβαίνει!... Εμείς αφήσαμε πίσω «τον θρώσκοντα καπνόν», ενώ ο Οδυσσέας έψαχνε για ... καπνοδόχο! Τί καλό είχε το σπίτι του, ρώτησα.

– Αυτή την ερμηνεία δίνεις, Κωνσταντίνε, ρώτησε απορημένα η Ελένη.

– Θαρρώ πως δεν υπάρχει άλλη! Ο καπνός είναι μάρτυρας της φωτιάς.

– Κατάλαβα τον... κύκλο σου! Τώρα με εγκλώβισες για τα καλά., παρα-τήρησε η Ελένη.

– Όχι! Θελήσαμε και μπήκαμε, διότι το βρήκαμε σωστό! Όσο μεγαλύτερο το άθροισμα των κύκλων, τόσο μεγαλύτερο, αληθινό και ατράνταχτο εί-ναι το «ώστε», τόνισα...

Η στράτα μας έβγαλε στην αυλή. Χωρίς να το καταλάβουμε φτάσαμε. Ξε-χυθήκαμε στο σπίτι. Ο κυρ Βασίλης μας περίμενε με αγωνία και λαχτάρα.

– Καλώς ήρθατε, καλώς ήρθατε, γλυκά πουλιά, από της νιότης σας το πε-ριβόλι, είπε με ανακούφιση. Πώς τα περάστε, Κωνσταντίνε, με ρώτησε.

– Πολύ ωραία, πατερούλη, έσπευσε να απαντήσει η Ελένη. Θαυμάσια.

Μείνατε λίγος μόνος. Τώρα γέμισε ξανά το σπίτι μας μας, συνέχισε και πετάχτηκε με ορμή στον πατέρα της για να τον φιλήσει.

– Να είστε καλά, ψυχή μου, είπε με χαρά. Να είστε καλά. Θέλω να καθίσουμε στην αυλή. Ο ήλιος γέρνει σιγά , σιγά. Άντε να πάμε έξω.

Ξεσκονιστήκαμε, δροσιστήκαμε προσωρινά και πιάσαμε τα καθίσματα στην αυλή.

– Τον βρήκατε αυτόν τον πάλιο Μήτρο, Κωνσταντίνε, ρώτησε ο κυρ Βασίλης. Ξέρεις τί παλιάνθρωπος και ψεύτης είναι;

– Τον βρήκαμε, απάντησα.

– Τον βρήκαμε, πατέρα, πρόσθεσε η Ελένη. Τον βρήκαμε και τού είπα για το αρνί. Θα μας το φέρει αύριο!... Θα τον βρούμε στα βράχια το πρωί και θα έρθουμε ...

– Θα ξαναπάτε κι εσείς αύριο εκεί ρώτησε ο κυρ Βασίλης.

– Θα πάμε ξανά μια βόλτα το πρωί και οι τρεις μας και θα έρθουμε γρήγορα, είπε η Ελένη!..

– Καλά, Ελένη μου, καλά! Να πάτε, μια και είναι εδώ και ο Κωνσταντίνος, διότι τον πάλιο Μήτρο τον φοβάμαι!...

Μια αύρα ερχόταν ελευθερωμένη από το πλατυγιάλι που μεγάλωνε καθώς έφθινε στο βουνοπροσκέφαλο ο πύρινος δίσκος. Περνούσε από τα κλαριά των δέντρων που άρχιζαν και σείονταν, χάιδευε τα καψαλισμένα φύλλα και σταματούσε στα χρυσά μαλλιά των κοριτσιών, σα να ήθελε να στήσει για πάντα το θρονί του στους κατεβατούς τους! Όλα ανάσαιναν για να δεχτούν τον ερχομό άλλου χρώματος. Στο λυκόφως συναντούσες το παράπονο που διαρκεί τόσο όσο θέλεις για να συνηθίσεις σ' ένα καινούργιο. Είναι το προαύλιο ενός μυσταγωγικού χώρου. Μπαίνοντας μέσα βλέπεις όλα τα ερπετά που ξύπνησαν από το σκοτάδι, χαράζουν στο μαλακό ταφόχωμα το πέρασμά τους με το σούρσιμό τους, σα να δείχνουν τους πλεγμένους καυτούς ποταμούς της κόλασης. Τα μάτια τους φωσφορίζουν στις μουχλιασμένες γωνιές, προσπαθώντας να δώσουν Ζωή στη χώρα των βρικολάκων. Αρχίζουν να βγαίνουν πρώτα διστακτικά, ύστερα θαρρετά και σκάβουν μνήματα, γκρεμίζουν δενδρύλλια, κατρακυλούν βράχια και στέκονται στα βράχια σαν κράχτες δαιμόνιας όσφρησης. Το φεγγάρι θα μπορούσε να φράξει το δρόμο τους μ' ένα φράχτη από τις θαμπές αχτίνες του ή να δυναμώσει περισσότερο τους σεληνόφωτους να αφρίζουν από το πάθος τους.

– Δεν κοιμάσαι, Κωνσταντίνε, με ρώτησε η Ελένη με ανησυχία καθώς με έβλεπε σκεφτικό και συλλογισμένο. Η νύχτα είναι η πρόθυμη δούλα της θολωμένης σκέψης. Εκείνη δίνει τη μαύρη ποδιά της, αυτή τήν δένει κόμπο και την προσφέρει δώρο στην ψυχή. Όταν ξεδένεται, ανταριάζει από τα ρυπαρά κομμάτια της σάρκας της και δηλητηριάζεται. Τα κελαδήματα των πουλιών είναι το ξεπλάκωμα από το πτώμα της που στο πρωινό φως φαντάζει κοπριάς σκουλήκι.

– Καλή μου, η νύχτα δεν μπόρεσε να σε πάρει από τα μάτια μου, διότι δεν είσαι φτιαγμένη από κομμάτια ποδιάς δούλας! Ούτε οι άλλες νύχτες πρόφτασαν να σε αρπάξουν. Η αυγή για πείσμα της νύχτας, με το κλαδευτήρι του χρόνου τεμαχιάζει τα ζουμερά βλαστάρια και στρώνει μ' αυτά το απέραντο κρεβάτι του.

– Κωνσταντίνε, οι «προφητείες» σου με τρομάζουν, με διέκοψε ανήσυχα η Ελένη. Πάντοτε με τρόμαζαν, διότι έβγαιναν … αληθινές!...

– Χρειάζονται, καλή μου, πολλά μνήματα για να δεις πόσο μακριά είναι η ανθρώπινη γεύση. Τήν βάζουμε στις μύτες μας και την πατάμε με τα πόδια μας. Πρέπει να τινάξει κανείς ταφόπετρες για να πάρει την Αρετή[3] από τα ξένα; Τότε μένουν τα πουλιά της συνείδησης που ξεσκεπάζουν με τις λαλιές τους τα θανατοπατήματα.

– Κωνσταντίνε, επαναλαμβάνω με τρομάζεις! Κοιμήσου τώρα. Διώξε τις κακές σκέψεις σου. Συλλογιέσαι σα να είναι η … τελευταία νύχτα!...

Ήρθε κοντά μου. Με αγκάλιασε, με φίλησε. Τήν αγκάλιασα, τη φίλησα. Ήμασταν στα ουράνια!... Και … χάθηκε σιγά πίσω από τους τοίχους του σπιτιού, με την αραχνοΰφαντη νυχτικιά της να κάνει αγγελική τη θωριά της!...

Δεν μπορούσα να κοιμηθώ! Σα να είναι η τελευταία νύχτα, μού είπε!... Μα, πόσες νύχτες λυτομαλλούσες τρέχουν πίσω από τις αυγές για να πέσουν με τη λύσσα τους στη θάλασσα της αιωνιότητας; Θαρρώ πως τίς μέτρησα! Τίς βρήκα! Τίς βρήκα στον Κήπο της Γεσθημανή, σε κάθε Γεσθημανή, σε κάθε βραχοχώρα. Ύστερα, η Ανάσταση! Αχ, να μπορούσα την ποδιά σου, μαύρη νύχτα, να κάνω σάβανο στον αδειανό τάφο! Μα, τί λέω! Ακούω φωνή: «Χαίρετε». Κι εγώ στα πόδια σου πέφτω γλυκό, γαλήνιο είδωλο: Αγάπη!

Θολώνουν τα μάτια μου. Στη θέση αυτή όπου βρίσκομαι, κομμάτι γης αμετάθετο στις στροφές της, σε σκέπασε η νύχτα και τα μάτια της ψυχής μου σε συντροφεύουν στον ύπνο σου! Μού χάρισες το όνειρό σου και εγώ σού έδωσα την αιώνια αυγή μου. Τα χέρια πλάστηκαν για να κρατάνε τους ποταμούς του πόνου, τα μάτια να βλέπουν τη φωτιά της κόλασης, τα χείλια να θρηνούν στ' ανθρώπινα ερείπια και τα αυτιά ν' ακούνε κομμένες ανάσες στα πλακωμένα από τα ίδια τους πόδια ζωές. Και πάνω σ' όλα αυτά μια απόμεινε φωνή ελπίδας:

Ρουφήξτε τις νύχτες
να δυναμώσουν οι αυγές!

Εγώ τη ρούφηξα τη νύχτα, πρωτόλαλο αηδόνι, και στους χυμούς της βρήκα τον εχθρό του ανθού, που την πλάνεψε με τη δηλητηριασμένη, σαν όχεντρας, γλώσσα της. Τώρα η κούραση σφραγίζει τα μάτια για να σού μείνει ένας κόσμος, ο κόσμος που δεν κλείνεται στα ματόκλαδα, μα ο κόσμος που ανοίγει τις πόρτες στους Ζέφυρους[4] της πραγματικής Ζωής. Ο όμορφος, ο ωραίος, ο ασυννέφιαστος, ο φωτεινός. Τη γη δεν κρατάνε τα βράχια και τα νερά. Τη γη κρατάει ο Ουρανός ο Γαλανός. Η γη κρατάει τάφους, Κένταυρους[5], Άρπυιες, Εφιάλτες... Κι όταν γιομίσει απ' αυτούς, ένας Χείρωνας[6] φτάνει να τους ημερώσει!... Ο άνθρωπος είναι η μεγαλύτερη αδυναμία του ανθρώπου, όπως ο ύπνος για το όνειρο!

– Καλή μου, σ' άφησα στην αυλή τη φεγγαρόλουστη το όνειρο να σε λούσει...

Παραπομπές

[1] **«Νόστιμον Ήμαρ».** *Φράση στην Οδύσσεια του Ομήρου, για τη γλυκιά μέρα του γυρισμού στην πατρίδα, στο σπίτι...*

[2] **Καπνός θρώσκων.** *Ομηρική φράση για τη λαχτάρα του ξενιτεμένου να δει έστω και από μακριά να ανεβαίνει καπνός από την καμινάδα του σπιτιού του...*

[3] **Αρετή.** *Τραγική ηρωίδα στο «Τραγούδι του Νεκρού Αδελφού», το οποίο ανήκει στις παραλογές που σχετίζονται με τις λαϊκές παραδόσεις και δοξασίες. Το τραγούδι αυτό είναι ένα από τα σημαντικότερα δημιουργήματα της ελληνικής δημοτικής ποίησης.*

[4] **Ζέφυρος.** *Στην ελληνική μυθολογία ήταν προσωποποίηση του δυτικού ανέμου, ο οποίος εξακολουθεί να αναφέρεται με αυτό το όνομα ακόμα και σήμερα. Είναι άνεμος απαλός, δίνει δροσιά στα Ηλύσια Πεδία και βοηθάει στη βλάστηση.*

[5] **Κένταυροι.** *Πλάσμα της ελληνικής μυθολογίας. Στην ιστορία και την τέχνη οι κένταυροι απεικονίζονται ανθρωπόμορφοι, με ανθρώπινο το άνω τμήμα του κορμού, και ζωικό (αλογίσιο) το κάτω.*

[6] **Χείρων.** *Κένταυρος. Είναι μια σημαντική μορφή της ελληνικής μυθολογίας, τόσο για τη σχέση του με τη θεραπεία και άλλες φυσικές επιστήμες του αρχαίου κόσμου, όσο και για τη σχέση του με τη διδασκαλία των ηρώων. Παρουσιάζεται σε πολλούς μύθους, με σημαντικότερο αυτόν στον οποίο φέρεται να ήταν δάσκαλος του Αχιλλέα.*

*** *

ΟΓΔΟΟ ΚΕΦΑΛΑΙΟ

Αναμνήσεις: Το τελευταίο εφιαλτικό όνειρο της Ελένης

ΑΛΛΑ, δεν πρόλαβα τα μάτια μου να κλείσω:

– Τα βράχια, τα βράχια πρόσεξε, Κωνσταντίνε! Κωνσταντίνε, πού είσαι;

– Τί έπαθες, καλή μου, και της νύχτας σχίζεις το μαύρο πέπλο και τα σωθικά με τις φωνές σου; Ποιο όνειρο τον ύπνο τον γλυκό σου ρούφηξε και σ' άφησε χωρίς σταγόνα ησυχίας;

Πετάχτηκα κοντά λέγοντας όλα αυτά και τρέμοντας! Ξύπνησε και η Αλεξάνδρα που κοιμόταν κοντά στην Ελένη. Ανταριασμένη από την άχνα του ύπνου δεν ήθελε να πιστέψει πως ξύπνησε…

– Τι έπαθες, αδερφούλα μου, ρώτησε μέσα στη νύχτα, η Αλεξάνδρα.

– Όνειρο κακό μού πλάκωσε την ψυχή μου και δεν μπορώ ν' ανασάνω…

Κάθισα κοντά της. Η καρδιά της χτυπούσε δυνατά, το πρόσωπό της έλουζε κρύος ιδρώτας και τα μάτια της άρχισαν να ξεπροβαίνουν από τη χώρα του ψεύτικου. Την σκέπασα γιατί φυσούσε η νυχτιάτικη αύρα, σα να ζήλευε το αγγελικό της πρόσωπο. Τα πλούσια μαλλιά ήταν νοτισμένα από τη νυχτιάτικη πάλη…

– Σάς ξύπνησα! Αλλά, τί φταίω εγώ; Κακά προμηνύματα στο μαύρο χαρτί της νύχτας σταλμένα με το όνειρο! Τα πόδια μου ξαλάφρωσαν. Δεν πιστεύω, δεν πιστεύω πως ήταν όνειρο!...

– Σώπασε, καλή μου. Της αυγής αγέρι θα καθαρίσει τα βήματα της νύχτας και τα ερπετά θα πιάσουν τις σκοτεινές γωνιές τους, είπα για να τήν καθησυχάσω!

– Να μην έρθεις μαζί μας στα βράχια, Κωνσταντίνε, είπε η Ελένη ανταριασμένη. Φοβάμαι!...

– Πώς μπορώ την ψυχή σου από τους Ζέφυρους να πάρω και στους διαβό-λους ν ' αφήσω, καλή μου;

– Όχι, όχι! Τον Ζέφυρο δεν θέλω να τον χάσω από τα μάτια μου. Τα μά-τια της νύχτας έχουν μια καταστροφική δύναμη, είπε η Ελένη, κάπως πιο ήρεμα.

– Γιατί, Ελένη, κοιτάζεις τη δύναμη αυτή; Η δύναμή σου είναι μεγαλύ-τερη από τα βράχια! Εκείνα τρέμουν. Για το λόγο αυτό τα θεμέλιά τους τρίζουν! Είναι αυτό δύναμη;

– Καλέ μου, άσε τις σκέψεις μου, διότι είναι συνέχεια άλλων που τις φύ-τεψε η σκιά των βράχων. Μη φεύγεις από κοντά μου, από δίπλα μου! Τις σκέψεις μου δεν θέλω με τον ύπνο να τίς γιάνω. Οι δικές σου, στήριγμα που είναι, μού φτάνουν! Πόση νύχτα πέρασε και πόση απομένει, ρώτησε, κοιτάζοντάς με ερευνητικά στα μάτια.

– Τόση, όση ώρα πέρασε! Μα, τί σ' ενδιαφέρει! Εγώ θα κράξω Αυγερι-νούς, αστέρια θα τραβήξω στο στρώμα σου, κοντά σου για να λάμψουν!

– Θα μάς πεις το όνειρο, αδερφούλα, είπε η Αλεξάνδρα.

Σα να δίσταζε, σα να ήθελε να μην ξαναζήσει αυτές τις εφιαλτικές στιγ-μές, σα να μας παρακαλούσε να μη τής ζητήσουμε ένα τέτοιο βαρύ εφιαλ-τικό έργο! Στηρίχτηκε πάνω μου, με αγκάλιασε και μια κυρίαρχη δύναμη μίλησε:

– Θα το πω το όνειρο. Τί να φοβηθώ, άλλωστε, όταν έχω τον Κωνστα-ντίνο στα χέρια μου και είναι κοντά και η αδερφούλα μου! Έτσι δεν είναι;

– Και θα τον πας στα βράχια πάνω στα ονειροκάπουλα, ρώτησα...

Η Αλεξάνδρα γέλασε. Κάτι ήθελε να πει, μα το έπνιξε. Τελικά δεν κρατή-θηκε:

– ... Τέτοιες ώρες, Κωνσταντίνε, κι εσύ κοροϊδεύεις!

– Όνειρο είναι, Αλεξάνδρα, όνειρο! Σε πάει όπου θέλει... Με χαλινάρια αόρατα από Ηφαίστου εργαστήρι...

– ... Που εμείς του δίνουμε σίδερο να βάλει στο λαιμό μας και λουριά παρμένα από την παλιαποθήκη του υποσυνείδητού μας, πετάγεται η Ελένη!...

– ... Που τα φέρνουν ερπετά απ' τα παράθυρά της, πρόσθεσα!

– Ωχ, αρχίσαμε βαθιά νυχτιάτικα τα όνειρα να τρίψουμε με τις μυλόπετρες των σκέψεων, λέει η Αλεξάνδρα, που δεν ήθελε να παρασυρθεί στο χορό «προφητικών» ερωταπαντήσεων!

– Εντάξει! Συμφώνησε η Ελένη. Σταματάμε το «τρίψιμό» του! Θα σάς πω τη νυχτιάτικη επίσκεψή του. Θεέ μου, τι εικόνες ζωντανεύουν μπροστά μου! Λοιπόν, καθόμασταν στη βρυσομάνα. Εκεί όπου μάς βρήκε η Αλεξάνδρα. Τραγουδάγαμε «της αγάπης το τραγούδι» μου και, ξαφνικά, τα πλάγια των βράχων υψώνονταν, η κορφή τους τραβιόταν προς τα πάνω και το ριζό τους κόπηκε στα δύο. Ένας θεόρατος γίγαντας σκέπασε με τον ίσκιο του όλη τη λαγκάδα και στην κορφή έσβηνε η τελευταία αχτίνα του ηλίου. Εμείς φαντάζαμε μυρμήγκια στη θωριά του. Τα στόματά μας σφραγίστηκαν, οι πέτρες λιώνανε στο πάτημά του και το γέλιο του, αυτό το μισερό κι απαίσιο γέλιο, έκανε τα κορμιά των δέντρων να διπλώνουν. Πέτρινα χέρια ανεβοκατέβαιναν και μάτια πετούσαν ηφαίστεια λάβα από τα σωθικά τους. Και φώναξε: Γιε της εχθράς μου, πώς τόλμησες τα πόδια μου ν' αγγίξεις τα ματωμένα; Στα μπράτσα μου τ' ανθρωποκτόνα γιατί ξάπλωσες; Γόνε της εχθράς μου, της Αγάπης! Βούιξε η λαγκαδιά και το πλατυγιάλι ξέρασε από το φόβο. Εμείς μείναμε πετρωμένες και εσύ, Κωνσταντίνε, φώναζες: Εχθρέ μου, στα στήθια σου τα πετρωμένα σκόρπισα χώμα από τη ψυχή μου, περβόλι να σε φτιάξω! Χα, χα, χα! Γιε αχτινωτέ της εχθράς αυγής, κομμάτι πέτρινο στο σώμα μου θα σε κάνω. Και αμέσως, ροβόλησε κι άπλωσε το χέρι του! Τότε, δεν κρατήθηκα και φώναξα. Φώναξα να μ' ακούσει η νυχτιά. Αχ, δεν μπορώ, δεν μπορώ...

– Γιε της ψευτιάς, όνειρο, που τον Μορφέα[1] μεθάς, τί άλλο ψέμα μεγαλύτερο απ' αυτό θα γεννούσες, αναφώνησα...

Η Αλεξάνδρα είχε ξυλιάσει από το φόβο και με φωνή που έτρεμε είπε:

– Αν ήξερα πως είναι τόσο τρομερό δεν θα σού έλεγα να μάς το πεις, αδερφούλα μου! Κωνσταντίνε, φοβάμαι! Τρέμουν τα πόδια μου, τα χέρια μου, τρέμω σύγκορμη.

– Είναι τρεμούλιασμα από τη δύναμη του ... γίγαντα, την καθησύχασα.

– Αχ, νυχτιά ατέλειωτη, που τρέφεσαι με ξαγρύπνιες και σάπια όνειρα, πού είναι η άκρη σου, αναφώνησε η Ελένη.

– Ησύχασε, γλυκιά μου. Σταμάτησαν τα πατητήρια στο περβόλι της ψυχής σου!

– Κι ακούω τη δική σου σαν αηδονιού φωνή!...

Σπρώχναμε τις ώρες με τα λόγια μας κι εκείνες μας τραβούσαν στα δικά μας λημέρια για να φανερώσουν το σύμμαχο των διαβολικών ενεργειών. Τα βράχια στέκονταν αμίλητα. Άλλαζαν σχήματα στα μάτια μου για να μη δείξουν τα ποντίκια που φώλιαζαν στις τρύπες τους. Στο καμίνι της νύχτας πύρωναν τα σύνεργά τους και κρατούσαν στα χέρια τους τις άνοιξες να τις ... πληγώσουν!... Η φαντασία μου κάλπαζε σ' ανήλιαγα λημέρια που μόνο αγκομαχητά άκουγα και χορταριασμένους τάφους ξεχώριζα! Μα, εκείνη με καλούσε κοντά της να πάρω μέρος στο χορό των παλμών της, να σβήσω τη φωτιά που άναψε το όνειρο και να τήν κρατήσω στα δικά μου δυνατά χέρια.

– Να φύγουμε, αγαπημένε μου, να φύγουμε μακριά από πετροσωρούς, με καλούσε η Ελένη. Να πάμε μακριά εκεί όπου φυτρώνει η Ζωή, η νέα μας Ζωή. Εδώ είναι θάνατος!...

– Γιατί φοβάσαι τις πετροπλαγιές, καλή μου, τώρα που είναι τόσο άσχημες, είπα.

– Πόσους σταυρούς μπηγμένους στο σώμα του θέλει ο Γολγοθάς για ν' ανοίξουν τα ταφοσπαρμένα πλάγια του, φώναξε με παράπονο η Ελένη και με βαρύ από συλλογισμούς μυαλό της!...

– Μάζεψε τα δίκτυα σου, κόρη της κόλασης, και πάψε το Φως να κρύβεις, φώναξα με απελπισία. Εγώ ταχύποδες τις ώρες θα κάνω στο βάραθρο να πετάξουν!

– Τί έπαθες, Κωνσταντίνε μου, με ρώτησε η Ελένη. Τη νύχτα τη φτιαγμένη από μούχλα, ο ήλιος την σκοτώνει!...

– Φωνή κρυσταλλένια, στο ποτάμι της Ζωής το αιώνιο με καλείς! Τις νύχτες διώχνω από τα βράχια με το δικό σου το δαυλί στο χέρι! Σπαρταράνε τα τελευταία τους μαύρα λέπια στο Φως και τρέμουν τα ριζόχερά της. Φεύγει, φεύγει μαζί με τα δουλικά της. Να, φοράνε τα ρούχα της ημέρας!

– Ροδογελούσα, κόρη, γιατί διστακτικά τα φωτεινά σου χέρια δίνεις; Μήπως σού κακοφάνηκε που της νυχτιάς φοβηθήκαμε για λίγο τα κούφια δόντια της , ξέσπασε η Ελένη.

– Αυγή μου, θα σε ζήλεψε που άντεξες στην ορμή της νύχτας! Μια ομορφιά τη ζήλεια της σε μιαν άλλη ρίχνει, πρόσθεσα.

– Ας είναι έτσι, στήριγμα της νιότης μας, ακορφολόγητε κισσέ, μού απάντησε η Ελένη, κοιτώντας την κρινοδάχτυλη αυγή! Παιδιά, καιρός είναι να ετοιμαστούμε, είπε. Έτσι κι αλλιώς, ο … γίγαντας τον ύπνο μας επήρε!...

– Ποια ετοιμασία να θαρρούσες, άγγελέ μου! Ο ήλιος κερατώθηκε στου ορίζοντα τις παρειές και τον ουρανό ακοντίζει. Η Ζωή και πάλι αγκάλιασε με το πέταγμά της τις δροσοστάλες και καθρεφτίζεται στα ραντισμένα κληματόφυλλα. Ο καρπός γλυκαίνει καθώς ρουφάει με τις αχτίνες , τις αχτίνες της ωριμότητας, την άγουρη γεύση του. Η φύση ανοίγει τα πολύχρωμα φτερά της και χαίρεται για το καινούργιο Φως. Μόνο τα βράχια ξεγυμνώνονται με τη δήθεν αδιαφορία τους! Καιρός να κουρνιάσουν. Η νύχτα είναι γι' αυτά ό,τι η ημέρα για τους άλλους που το Φως της τολμούν ν' αντικρίζουν. Μια ελπίδα απόμεινε. Και πάλι τη φωνή της άκουσα:

Ρουφήξτε τις νύχτες
να δυναμώσουν οι αυγές!

Πόσες φορές θα την ακούμε για να μάς συγκρατεί από τον κατήφορο, όπου κυλάνε και οι πέτρες; Στο πέσιμό τους ανοίγουν κι ένα λάκκο πρώτα γι' αυτές κι ύστερα για τους άλλους που θα καθίσουν στη ράχη τους σαν αιώνιοι κράχτες της συμφοράς και τους μίσους!

Οι γίγαντες τριμματίζονται, τα αιμοβόρα γέλια σφραγίζονται με ύλη από το χώμα τους, τα αιματοβαμμένα χέρια τους κόβονται και σφηνώνονται στο ίδιο σώμα και τα πελώρια, γεμάτα από σάρκες, δόντια τους σπέρνονται στον πέτρινο χώρο τους για να μη φυτρώσουν ποτέ ή να φυτρώσουν ρουθουνόφλογοι δράκοντες του Ιάσονα. Αυτή είναι η νύχτα με τους βρικόλακές της. Η φαντασματογέννα συκιά ξεραίνεται και τα κλαριά της γίνονται τόξα για τους εχθρούς της. Πύρινο πρόσωπο που λιώνει τα σίδερα του Ηφαιστου και μ' αυτό ο Όλυμπος τρομάζει από το μίσος!

Πάλι σήμερα θ' ανεβούμε τα βράχια, να κοιτάξουμε από τα πάνω τα χαμηλά. Μια εκδρομή στη χώρα «των ασφοδέλων»... Εκεί όπου ο ρόγχος των πηγών δεν σταματάει ποτέ, σα να μάς λένε πως η Ζωή καθαρίζεται από το χώμα που την ξαναφέρνει πιο δροσερή, πιο καθαρή από τα σωθικά του!

Ο πρωινός καφές κάτω από την κληματαριά φανερώνει πως ρουφήξαμε τη μαύρη νύχτα, χωρίς ανασασμό και πάνω στο άχνισμά του γνωρίσαμε τις κακές διαθέσεις της...

— Καλά, τί έγινε απόψε,; Τη νύχτα την κάνατε μέρα; Σα να μη βλεπόμασταν άλλη φορά, διερωτήθηκε ο κυρ Βασίλης που βγήκε στην αυλή!...

— Να σού κάνω έναν καφέ, πατερούλη, είπε πρόθυμα η Ελένη.

— Ε, ας πιω παρέα κι εγώ ένα καφεδάκι. Μόνο να μην είναι πικρός!...

— Τί γίνεται, Κωνσταντίνε, μού είπε ο κυρ Βασίλης χτυπώντας με στις πλάτες.

— Καλημέρα σας, κυρ Βασίλη, είπα για να τον αποπροσανατολίσω! Πώς είστε σήμερα;

— Εγώ τη φύλαγα «την καλημέρα» να την πω με τον καφέ. Αφού με πρόλαβες, χαλάλι σου...

— Εμείς πρέπει να πούμε «καλημέρα», διότι κουραστήκαμε να πιούμε τη νύχτα, είπα.

— Άστα αυτά, Κωνσταντίνε, έσπευσε να πει. Δεν αντέχω εγώ στο λογοπαίγνιο. Προχτές με πονοκεφάλιασες ή, καλύτερα, με ... σπαζοκεφάλιασες με τα λόγια σου. Πες τα, παιδί μου καθαρά και σταράτα! Εγώ δεν είμαι της ... Φιλοσοφικής!

– Τί ωφελεί αν πάει κανείς τρέχοντας στα βράχια; Θα λαχανιά σει και τίποτε δεν θα δει, είπα για να σταματήσει τη συζήτηση...

– Πάλι άρχισες τα ... ίδια! Σούπα, είναι ωραία τα λόγια σου και τα επιχειρήματά σου, μα εγώ δεν θέλω ... ζαλάδες!

– Τότε, να σάς προσφέρω ένα... ζεστό καφέ, είπα.

– Αυτό το δέχομαι, είπε ο κυρ Βασίλης.

– Πατερούλη, να πάω κι εγώ με τα παιδιά στα βράχια να πάρουμε το αρνί, είπε η Αλεξάνδρα.

– Σα να πηγαίνετε να πιάσετε τον «Ερυμάνθιο Κάπρο» κάνετε. Ένα αθώο αρνάκι είναι και «άγετε επί σφαγήν...»!... Πάντως, προτείνω να μείνει κάποια από τις δυο σας!... Είναι και η κακιά ώρα, βλέπετε!... Δεν πρέπει να πηγαίνετε κάπου όλοι μαζί. Δεν ξέρεις τί γίνεται. Και ας μην σας πω ότι φοβάμαι!...

– Φαίνεται ότι τέλειωσα εγώ για ν' αρχίσετε εσείς, παρατήρησα. Πάντως, οι φόβοι σας είναι χαρακτηριστική περίπτωση όλων των γονιών που αγαπούν υπερβολικά τα παιδιά τους!...

– Εν πάση περιπτώσει! Πότε θα φύγετε;

– Σε λίγο ανεβαίνουμε το ... Γολγοθά, απάντησα!...

– Μπα σε καλό σου, Κωνσταντίνε! Τί είναι αυτά. Σε λίγο θα μού πεις ότι θ' ανεβείτε και στον ... Καύκασο!...[2]

Κλείσαμε την αυλόπορτα υπό τις ευχές του κυρ Βασίλη για καλό δρόμο και καλή επιστροφή και πιάσαμε τη στράτα που έβγαζε στην περιοχή «Μάνινα των Προβάτων», όπως τη λένε οι ντόπιοι. Από εκεί θα κόβαμε λίγο λοξά και θ' ανεβαίναμε στα βράχια. Είναι λίγο μακριά, αλλά, όπως ήμασταν τρεις, δεν θα μας φαινόταν καθόλου ο δρόμος. Μπορούσε να βρίσκαμε εκεί τον Μήτρο ή τον Γιάννη!...

Συνεχίσαμε σιγά – σιγά και οι τρεις τη στράτα. Τελευταία φορά θ' ανέβαινα, μαζί με την Ελένη, τα βράχια!...

———

Παραπομπές

[1] **Μορφέας** *(στην αρχαία ελληνική «Μορφεύς»). Στην ελληνική μυθολογία θεωρήθηκε ως ο θεός του ύπνου και των ονείρων. Παριστάνεται με φτερούγες, που ήταν τόσο δυνατές και ανθεκτικές ώστε μπορούσαν να τον μεταφέρουν στα πέρατα της Γης. Σημειώνεται πως το φάρμακο μορφίνη πήρε το όνομά του από τον Μορφέα.*

[2] **Καύκασος.** *Περιοχή της Ευρασίας με την ομώνυμη οροσειρά.*

***

ΕΝΑΤΟ ΚΕΦΑΛΑΙΟ

Αιφνίδια διακοπή αναμνήσεων:
Η τραγωδία στα βράχια

ΦΤΑΣΑΜΕ. Καθίσαμε σε μερικά βραχάκια να ξεκουραστούμε και ξαφνικά είδαμε τον Γιάννη Κωστούλα να κάθεται πάνω σε βράχο λίγο ψηλότερα από εμάς. Μας περίμενε!

– Γιατί δεν μού είπατε πως θα έρθει και ο Κωστούλας; Έτσι μού έρχεται να φύγω, να γυρίσω πίσω... Δεν βλέπετε πώς κάθεται σαν κοράκι στο βράχο; Δεν βλέπετε πως τα μάτια του πετούν ηφαίστεια λάβα; Μήπως το κάνατε επίτηδες... είπε θυμωμένη η Αλεξάνδρα.

– Δεν το σκεφτήκαμε καν, Αλεξάνδρα μου. Μα, και τί σ' ενδιαφέρει, γιατί φοβάσαι το κοράκι , όταν ξέρεις πού βρίσκεται, παρατήρησα.

– Δεν μπορώ, Κωνσταντίνε, δεν μπορώ να τον αντικρίσω! Θα τού τα πετάξω κατάμουτρα...

– Δεν είναι σωστά τα λόγια σου, Αλεξάνδρα, είπα. Κάνε τον να υποφέρει περισσότερο με το Φως σου, να τρέμει απ' τη θωριά σου, να πνίγεται απ' τις πράξεις του και να σπαθίζεται απ' τα λόγια του! Σα να μη συμβαίνει τίποτε... Έτσι;

– Δεν το περίμενα από ... αρνί να βρίσκαμε ... κοράκι, παρατήρησε η Ελένη!...

– Θα έρθει και το αρνί στους ώμους του ... λύκου, απάντησα!...

– Κωνσταντίνε μου, από τους λύκους περιμένουν τα κοράκια τροφή. Ο λύκος ρουφάει το αίμα, το κοράκι ξεσκίζει τα ψοφίμια!

– Μάς βλέπει από εκεί επάνω, επεσήμανα στα κορίτσια. Σεις μη κοιτάτε. Ας καθίσουμε εδώ να συζητήσουμε.

– Ναι, Κωνσταντίνε, να καθίσουμε. Εκεί επάνω μυρίζει ψοφίμι, λέει η Αλεξάνδρα που δεν εννοούσε να σταματήσει!...

– Εσύ, Αλεξάνδρα, να εμφανίζεσαι πάντα χαρούμενη όταν θα είμαστε εκεί επάνω… Μη κρατήσεις «μούτρα», αλλά να σκορπάς τις συννεφιές του με το Φως σου! Μπορεί να μετάνιωσε ο άνθρωπος για όλα αυτά! Δεν έκανε, ωστόσο, και κανένα… έγκλημα!… Τί ψυχή έχει ένα κακογραμμένο ραβασάκι; Άλλωστε πήρε μιαν ωραία και σωστή απάντηση! Και για το πάθος για την Ελένη; Όλα τα βάζουμε στο «αρχείον»… Τ' ακούς, Αλεξάνδρα, φώναξα.

– Ευχαριστώ, Κωνσταντίνε, για τα καλά και σοφά λόγια σου. Είναι το καλύτερο που μπορώ να κάνω. Κάτι άλλο θα μπορούσε να έχει αντίθετα αποτελέσματα…

– Ακριβώς! Ο καθένας αγαπιέται από τις πράξεις του και χτυπιέται από τις ίδιες τις αχτίνες που πέφτουν στον καθρέφτη τους και ξαναγυρίζουν…

– Αυτά που μού λες τα έχω παρατηρήσει και στην Ελένη. Πάντα έτσι αντιμετώπιζε τα πράγματα. Πάντα γαλήνια και καλόδεχτη, πάντοτε ασυννέφιαστος ουρανός που αστραπές δεν φοβάται…

– … Είναι η αδερφή ψυχή μου!!!

– Σκεφτικός φαίνεται ο Γιάννης, είπε η Ελένη… Τον βλέπετε;

– Ίσως κάτι να ετοιμάζει, Ελένη μου, είπα!… Ίσως καμιά απολογία για τον αιφνιδιασμό που δέχτηκε. Προσέξτε όμως. Εμείς δεν ξέρουμε τίποτε…

– Μπορεί να πιστέψει κάτι τέτοιο, ρώτησε η Αλεξάνδρα.

– Θα τον κάνουμε να το πιστέψει, Αλεξάνδρα μου, είπα. Μόνο έτσι θα μπορέσουμε να τον βάλουμε στον στρόβιλο των σάπιων σκέψεών του…

– Θ' ανεβούμε λίγο και θα τον χαιρετίσουμε… Εντάξει, είπε η Ελένη.

– Ανεβήκαμε την ανηφόρα και πλησιάσαμε.

– Γεια σου χαρά σου, Γιάννη!

Σα να ξαφνιάστηκε ή έκανε πώς ξαφνιάστηκε. Σήκωσε το χέρι ψηλά και δεν μίλησε καθόλου. Ύστερα κατέβασε το κεφάλι του και βυθίστηκε στις σκέψεις του. Έρωτας ή μανία;

– Καλημέρα σου, Γιάννη, τον ξαναχαιρετίσαμε!

– Η Ελένη έτρεξε κοντά του, όπως και η Αλεξάνδρα!

– Μα, τί έχεις σήμερα και είσαι «φούρκα», παρατήρησα. Τα μάτια σου σα να είναι βυθισμένα σε βουρκωμένο πέλαγο για να μη βλέπουν τα αφρισμένα κύματα, ρώτησα...

– ... Ξενύχτησα, φίλοι μου! Δεν έχω κλείσει απόψε μάτι!...

– Τότε, μπορείς καλύτερα να δεις την αξία, τη σημασία του ύπνου, παρατήρησα.

– Όχι όμως όταν την προσφέρεις εσύ, φίλε μου!

– Εγώ, πάντως, δεν κουράζομαι να τη βρω την αξία στις σκέψεις σου! Μού την προσφέρεις χωρίς να το καταλαβαίνεις! Αυτή είναι η διαφορά...

– ... Έχουμε πολλές διαφορές εμείς οι δυο...

– Διαφορές βάθους ή ύψους;

– Να σε διευκολύνω, λοιπόν: και βάθους και ύψους...

– Σταματήστε τα λόγια σας, παιδιά, παρενέβη η Ελένη! Αυτά μόνο μιαν άκρη έχουν: την έχθρα!

– Όχι! Δεν φτάσαμε ακόμα εκεί, Ελένη! Εγώ τουλάχιστον δεν θέλω να φτάσω εκεί. Συζητάμε με τον Γιάννη να περάσει και η ... ώρα!!!

– Δεν ξέρω, δεν ξέρω ποιο νήμα με τραβάει και με πηγαίνει όπου θέλει, λέει με πίκρα ο Γιάννης.

– Νομίζω ότι εσύ τραβάς κάποιο νήμα και δεν τεντώνει άλλο, απάντησα. Αν επιμείνεις, θα κοπεί και θα σ' αφήσει να κατρακυλήσεις στα τραχιά βράχια!...

– Σιώπα, σιώπα, Κωνσταντίνε, είπε αντιδρώντας παράξενα! Μη μού σκάβεις άλλο το μυαλό! Τί μαχαίρια είναι αυτά που μού πετάς;

Πετάχτηκε όρθιος, έσφιξε τα χέρια του, σφράγισε τα μάτια του δυνατά! Πώς θα μπορούσε ν' αντικρίσει την αλήθεια που συνεχώς τον ξεσκέπαζε; Ποια δύναμη θα τού παραστεκόταν για να σπάσει τα πελώρια κύματα της ψυχής του; Οι Συμπληγάδες σκορπίζουν το θάνατο στους αδυνάτους! Χωρίς το άσπρο περιστέρι πού πας τσουκνίδας ρίζα; Βρες το μαγικό ραβδί για να γίνεις γουρούνι στην αυλή της Κίρκης![1] Ούτε αυτό μπορείς; Τότε τί φωνάζεις και ψάχνεις για ανάκτορα;

Είναι μια εικόνα Κένταυρου στα άγρια βράχια. Μα χρειάζεται ο Ηρακλής τους Νέσσους[2] να σκοτώσει; Μήπως κι αυτοί το αίμα τους το μαύρο από τα χτυπήματα δεν αφήνουν για να σκορπίσουν το θάνατο με την άχνα του; Ναι, αλλά δεν υπάρχουν Νέσσοι στου Φείδαρη[3] τη χώρα! Άλλοι θα κατέβουνε από βαθύσκιωτα μέρη. Ακούς, ακούς τα ποδοβολητά τους;

– Γιατί τόση σιωπή, φίλοι μου, ακούστηκε η φωνή της Ελένης.

– Εγώ ακούω σύνεργα, βαριοπούλες, αξίνες, τσάπες, φωνές πνιγμένες, ακόντια, τόξα πέφτουν στις πλαγιές των βράχων, είπα αλληγορικά!

– Τί τόξα φαρμακερά μού ρίχνεις σήμερα που να μην ξημέρωνε, είπε νευριασμένος ο Γιάννης...

– ... Τις δουλειές της νύχτας τίς βλέπει η ημέρα και γελάει, απάντησα!...

– Σιώπα, επιτέλους, διάβολε! Αρκετά την ψυχή μου πληγώνεις, είπε.

– Δεν σε καταλαβαίνω, φίλε μου, είπα. Ο θυμός σου κάτι κακό προδίνει!... Τί έχεις και μυγιάζεσαι;

– Αχ, δεν μπορώ ν' αντέξω άλλο τα λόγια σου! Αφήστε με μοναχό τις σκέψεις να κάψω...

– Μα, τί πράγματα είναι αυτά, τού λέει η Ελένη. Είσαι μετά σωστά σου, Γιάννη. Πες το Γιάννη, πες το μας όσο βαρύ κι αν είναι, τού είπε και τού χάιδεψε τα μαλλιά...

– Αύρα μου, φύσα να δροσίσεις την ψυχή μου. Τί κάθεστε, εχθροί μου, και με κοροϊδεύετε, φώναξε...

– Σιώπα, Γιάννη, σιώπα. Πρέπει να ηρεμήσεις. Πρέπει να πάμε στο χωριό. Η ζέστη τον ... πειράζει, είπε η Ελένη.

Η Ελένη τον κρατούσε από το χέρι. Σα μεθυσμένος στεκόταν στην ίδια πέτρα, όπου τον βρήκαμε! Βαθιά σκοτάδια, πώς απλώνεστε για να σκεπάσετε το Φως; Μα, κάπου, κάπου υπάρχει μια φλόγα και φωτίζει τις κακοτοπιές. Μα, εσείς ξεθυμαίνετε τον καπνό σας! Προσφέρεις δύναμη, παίρνεις αδυναμία. Δίνεις κουράγιο, σε γονατίζουν. Τί μένει όρθιο; Στερεύεις την πηγή της ψυχής σου και ρίχνεις το νερό της σε αχόρταγες χωνεύτρες. Πού είναι η σταγόνα; Σφήκες λυσσασμένες ψάχνουν στο ξερό στόμα από συνήθεια και διψούν περισσότερο! Αν ρωτήσεις για το κεντρί τους; Το πέταγμά τους κοίταξε! Κεντρώστε ήμερα κλαριά να πέσουν οι καρποί τους στο χώμα, που από ψηλά ειρωνεύονταν! Και τα χέρια τους σέρνονται στα κακοτράχαλα βράχια για να βρουν στασίδι. Φτάνει να κρατήσουν για λίγο το βάρος τους κι ύστερα να πέφτουν! Έρχονται, έρχονται οι δουλευτάδες της νύχτας μ΄ ένα αρνί στον ώμο!...

Δεν ξέρω γιατί είχε μείνει ο καθένας με το δικό του λογισμό. Αμίλητοι καθόμασταν στις πέτρες. Όπως στην ηρεμία πριν από την καταιγίδα! Η Ελένη κοντά στην Αλεξάνδρα στεκόταν με λογισμό μακρινό, χωρίς άκρη. Στην άκρη δεν υπάρχει λύση. Η άκρη είναι μια ψευτιά που σε τραβάει. Κι όταν φτάσεις τί σε περιμένει; Ένα άλλο νήμα για κάπου αλλού...

Ο Μήτρος ήταν μια... άκρη στις σκέψεις μας. Κάποιο νήμα τον τραβούσε ή τραβούσε. Ήταν τα βράχια η άκρη! Πλημμύρισα από τους λογισμούς και φώναξα σπάζοντας την παράξενη σιωπή:

– Έρχεται και ο Μήτρος. Φέρει «πρόβατον επί σφαγήν»!...

– Καιρός ήταν να σπάσει λίγο η σιωπή. Έρχεται ο Μήτρος φορέας κακών, είπε η Ελένη!...

– ... Πολλών «δεινών», συμπλήρωσε την Ελένη η Αλεξάνδρα!...

– Μα, υπάρχουν, Οστά, από τα λόγια σου μεγαλύτερα «δεινά», πετάγεται ο Γιάννης.

– Τί αξία έχουν τα λόγια μπροστά στις ...πράξεις, Κωστούλα, είπα.

Στο μεταξύ, ο Μήτρος είχε πλησιάσει.

– Καλώς τον Μήτρο, είπα.

– Καλημέρα πιδιά και κουρίτσια. Άργησα λιγουλάκι και συμπαθάτε με. Πάντως, σάς έφερα τ' αρνί. Βλέπιτε δεν σας... ξέχασα...

– Κάτσε, Μήτρο, να ξεκουραστείς, τού είπα. Σε λίγο θα φύγουμε για το χωριό...

– Τόσου γλήγορα, είπε κοιτάζοντας λοξά, αλλά με νόημα τον Γιάννη!... Αμ όχι! Θέλου να σας καμαρώσου! Θ΄ ανεβούμε στα βράχια. Θα κοιτάξουμι πέρα το γιαλό, θα καπνίσουμι ένα τσιγαράκι κι ύστερα...

– ... Έχει και συνέχεια, τον ρώτησα!...

– Ναι, θα πιτάμι κοτρώνια ... κάτου, απάντησε βιαστικά!... Όταν ήμουνα μικρός πιτούσα από την κορφή μεγάλες πέτρες κι ευχαριστιόμουνα που τίς έβλεπα να ... κατρακυλάνε κάτου! Ύστερα θα φύγουμι!... Μη φοβάστε τη ζέστη. Το αρνί θα του πάου ιγώ μέχρι την πόρτα του στον κυρ Βασίλη!... Τί άλλου θέλετι... Σήκου, Γιάννη!...

– Μα τί έπαθες και είσαι έτσι σήμερα, ρώτησα τον Γιάννη...

– Όχι μόνο σήμερα! Το ίδιο ήταν και χτες, είπε η Αλεξάνδρα...

– Δεν ξέρω για... χτες! Σήμερα τον βλέπω να έχει συννεφιά. Έλα σήκω, Γιάννη, γιε του άρχοντα Κωστούλα, τού είπα.

– Νιώθω τα πόδια μου βαριά σαν το μολύβι και το μυαλό μου θολωμένο. Δεν μπορώ, ζαλίζομαι, είπε ο Γιάννης.

– Άστα, άστα, τού είπα τάχα αυθόρμητα! Σε βλέπουν μάλιστα και οι δεσποινίδες...

– Καλά! Όπως θέλεις... μού είπε!

– Βέβαια θέλουν! Τί είστε εσείς βρε; Είστε νέα πιδιά, πετάγεται ο Μήτρος...

– Ας ανεβούμε εμείς οι άλλοι. Ο Κωνσταντίνος να πάει για νερό, πρότεινε η Ελένη!...

– Όχι! Εμείς δεν θ' ανεβούμε στα βράχια. Χτες ... ανεβήκαμε, είπα!...

– Επ! Μη χαλνάς τις καρδιές μας, Οστά, πετάγεται ο Μήτρος! Θ' ανιβούμε ούλοι μας. Κάντι μου τη χάρη, επέμενε ο Μήτρος!...

– ... Στάχτη στα μάτια, μήπως, ρώτησα!

– Ε, είπα κάτι και συ τόδεσες κόμπο στο μαντήλι, Κωνσταντίνε. Έλα πάμι!...

– Με προσοχή όμως! Μην πάθουμε κανένα κακό!... Πέτρες είναι και ... κατρακυλάνε!... Προσέξτε μη γλιστρήσετε, είπα!...

– Ε, τί στο διάουλου, μικρά πιδιά είμαστι, λέει ο Μήτρος με μια χαρά και γέλιο που φάνηκαν και δύο ... κούφια δόντια του...

– Εμπρός, Γιάννη! Πιάσε από το χέρι την Αλεξάνδρα κι εγώ την Ελένη κι ανεβαίνουμε!...

– Ιγώ θα είμι μουναχός, είπε γελώντας τάχα ο Μήτρος!

– Εσένα σε έχουν συνηθίσει τα ... βράχια...

– Έτσι το είπα για ... αστείο! Σα να ανεβαίναμε στο Ζάλογγο!... [4] Μόνο που δεν τραγουδάγαμε «έχετε γεια βρυσούλες», συμπλήρωσα!...

– Πάψε, σε παρακαλώ, Κωνσταντίνε!... Τα λόγια σου με φοβίζουν!... Φοβάμαι τον ... γίγαντα, είπε η Ελένη!...

– Τα λόγια αυτά ξεφεύγουν χωρίς να θέλεις! Μια δύναμη τα τραβάει για να τ' ακούσει ο αέρας, απάντησα!

Βαδίζαμε. Μπροστά πήγαινε ο Γιάννης με την Αλεξάνδρα. Στη μέση ο

Μήτρος και πίσω εγώ με την Ελένη. Ο Γιάννης απότομα είχε βρει τον εαυτό του! Μήπως ένα άσπρο κοριτσίστικο χέρι μπορεί να δροσίσει φλογισμένη ψυχή; Μήπως η ικανοποίηση για ένα τέτοιο προσωρινό «θρίαμβο» βάζει τις βάσεις για ελπίδες άλλων χωρίς τάχα εχθρούς; Μα, τότε τί «θρίαμβος» είναι; Διψασμένε άνθρωπε, που στις πονηριές και βρωμερές σκέψεις ανακατώνεις τις ελπίδες!

– Πρόσεχε, Κωνσταντίνε, πρόσεχε, μού είπε η Ελένη σιγανά!...

– Τώρα φτάσαμε, είπα. Η κατηφόρα είναι πιο ... επικίνδυνη, πρόσθεσα!...

Κουρασμένοι και ιδρωμένοι πιάσαμε την κορφή. Ο Μήτρος ανάσαινε γρήγορα.

– Πρώτη βολά, πιδιά, κουράστηκα τόσο πολύ! Είναι βαρύ πράμα η ανηφόρα...

– Εδώ φαίνεται, Μήτρο, το παλικάρι κι όχι στις καλαμιές!

– Έχεις δίκιου, Κωνσταντίνε, είπε. Γι' αυτό θα ρίξου πολλά ... κοτρώνια σήμερις κάτου!... Θα τα ρίξου απ' το μέρους που τα αμόλαγα τότε, όταν ήμουνα μικρός!... Ελάτε να σας δείξου!...

– Τί βιάζεσαι, Μήτρο! Εδώ είναι τα ... κοτρώνια!... Δεν φεύγουν, λέει ο Γιάννης!...

– Πού θα πάνι; Το μεγαλύτερο κουτρώνι θα το ρίξου τώρα! Ελάτε να δείτε!...

Ακολουθήσαμε τον Μήτρο. Σταμάτησε. Μάς πήγε στο πιο απόκρημνο μέρος!... Κοφτά βράχια κατάληγανε στο χώμα. Επάνω ήταν ένας τεράστιος βράχος που, αν τον πρόσεχες, κουνιόταν μόλις τον ακουμπούσες!...

– Μη φουβάστι, μάς ... καθησύχασε ο Μήτρος!... Από τότινες που ήμουνα μικρός κουνιέται αυτός ο βράχος!...

Αλλά, δεν πέφτει πουτέ!... Από δω αμόλογα τα κουτρώνια. Θέλω να δείτε πώς πέφτουν!...

Δεν μπορούσες να κοιτάξεις προς τα κάτω. Και δεν κατάλαβα ποια παράξενη δύναμη μάς έφερε έως εκεί!... Ζαλιζόσουνα από το ύψος το απότομο! Ο Μήτρος κυλούσε μια μεγάλη πέτρα...

– Λοιπόν, πιδιά θα σας πω ιγω πώς θα καθίσετε, για να αιστάνεστι ... ασφάλεια, είπε. Ο Κωνσταντίνος μπροστά, διότι είναι πιο κοντός από το Γιάννη για να μπορεί να βλέπει πως κατρακυλούν τα βράχια!... Μετά ο Γιάννης και κοντά η Ελένη και η Αλεξάνδρα! Μόλις βάλου το κουτρώνι στο βράχου, θα πατήσει ο Κωνσταντίνος για να δει το ωραίο ... πέσιμου!... Εξηγηθήκαμι; Είμαι έτοιμους!...

Κυλούσε ο Μήτρος την πέτρα! Εγώ μπροστά θα έβλεπα το ωραίο... πέσιμο!... Και τότε! Αχ, μη ξυπνάτε θύμησες, τέτοιες στιγμές!... Αφού ο ίδιος δεν ξέρω πώς τα μάτια το Φως τους ξέχασαν!... Μη μού ξυπνάτε, θύμησες, μη...

Παραπομπές

1 Κίρκη. *Ονομαστή μάγισσα της ελληνικής αρχαιότητας. Ζούσε στο μακρινό νησί Αία, σε ένα θαυμάσιο παλάτι κτισμένο σε ένα πολύ όμορφο δάσος. Με πολλή φιλοφροσύνη κατάκτησε τους συντρόφους του Οδυσσέα και, αφού τους προσέφερε φαγητά και μαγεμένα βότανα για να λησμονήσουν την πατρίδα τους, τους μεταμόρφωσε σε χοίρους με το μαγικό ραβδί της.*

2 Νέσσος. *Στην ελληνική μυθολογία ο Νέσσος ήταν Κένταυρος, ο οποίος εγκαταστάθηκε στην περιοχή του ποταμού Ευήνου, που σήμερα λέγεται και «Φίδαρης», όπου εργαζόταν ως περαματάρης, περνώντας πεζούς διαβάτες στην άλλη πλευρά του ποταμού πάνω στην πλάτη του. Εκεί, μετά από χρόνια, συνάντησε ο Νέσσος για δεύτερη φορά τον Ηρακλή, όταν αυτός βρισκόταν μαζί με τη Δηιάνειρα. Ο Ηρακλής πέρασε κολυμπώντας το ποτάμι, αλλά εμπιστεύθηκε τη Δηιάνειρα να την περάσει ο Νέσσος. Αλλά ο Νέσσος αποπειράθηκε να απαγάγει τη Δηιάνειρα (ή κατά μία εκδοχή να τη βιάσει), οπότε ο Ηρακλής τον σκότωσε τοξεύοντάς τον με τα δηλητηριώδη βέλη του (κατά μια εκδοχή χτυπώντας τον με το ρόπαλό του). Πεθαίνοντας όμως ο Νέσσος έδωσε στη Δηιάνειρα ένα δήθεν ερωτικό φίλτρο ανακατεμένο με το αίμα ή/και το σπέρμα του, λέγοντάς της ότι αν ο Ηρακλής έπαυε ποτέ να την αγαπά έπρεπε να του δώσει να φορέσει ένδυμα εμποτισμένο με αυτό το υγρό. Αυτό και έγινε μετά από καιρό, όταν η Δηιάνειρα θέλησε να κάνει τον ήρωα να ξεχάσει* *την Ιόλη: απέστειλε στον Ηρακλή ένα χιτώνα εμποτισμένο με το «φίλτρο». Αυτός ο «Χιτώνας του Νέσσου» υπήρξε το φονικό όργανο που σκότωσε τον μέγιστο των Ελλήνων μυθικών ηρώων, τον Ηρακλή, με φρικτούς πόνους.*

3 Φίδαρης. *Η άλλη ονομασία του Εύηνου Ποταμού.*

4 Ζάλογγο. *Ένα από τα ιστορικά όρη της Ελλάδας. Βρίσκεται βόρεια της Πρέβεζας και ανήκει στην οροσειρά των Κασωπαίων της Ηπείρου. Το όνομά του συνδέθηκε με την προεπαναστατική περίοδο του 1821 και ειδικότερα με τον θρυλούμενο Χορό του Ζαλόγγου. Μετά την κατάκτηση της περιοχής από τον Αλη Πασά στις 18 Δεκεμβρίου του 1821, οι Ελληνίδες που είχαν καταφύγει στο βράχο προτίμησαν αντί της ατιμίας και της αιχμαλωσίας να ρίξουν τα τέκνα τους στο γκρεμό και στη συνέχεια να ριφθούν σ΄ αυτόν, χορεύοντας, η μία μετά την άλλη στο βάθος του βράχου.*

***

ΔΕΚΑΤΟ ΚΕΦΑΛΑΙΟ

Ερινύες καταδιώκουν τον υπεύθυνο της τραγωδίας

– ΕΛΕΝΗ, Ελένηηη, φώναξα δυνατά…

Ξύπνησα! Η καρδιά μου χτυπούσε σαν ταμπούρλο. Τα μάτια μου μισο-βλέπανε. Ξύπνησα. Κατάλαβα! Οι θύμησες με τα καπούλια ενός παράξε-νου ονείρου με φέρανε πίσω δώδεκα χρόνια! Με φέρανε στα βράχια, όπου έχασα την Ελένη μου, όπου γκρεμίστηκε η Ελένη μου! Αχ, άγγελέ μου! Οι θύμησες φτερούγισαν και μ' άφησαν εκεί όπου ήμουνα πριν από δύο πε-ρίπου ώρες, στην αυλή του σημερινού σπιτιού μου με τους σκεπασμένους από το αγιόκλημα τοίχους της, κάτω από τη βαθύσκιωτη κληματαριά. Με σχεδόν άσπρα μαλλιά και με τη σημερινή σύζυγό μου Αλεξάνδρα και τη δεκάχρονη τώρα κόρη μου, την Ελένη μου, την Ελένη μου!

– Ορίστε, πατερούλη, με φωνάξατε, έτρεξε να μού απαντήσει στη φωνή μου η μικρή μου Ελένη, η κόρη μου…

– Ν…ναι, ναι, μικρούλα μου! Λίγο νεράκι θέλω!

– Γιατί, πατερούλη, με κοιτάτε έτσι παραπονιάρικα και με κόμπο στην καρδιά σας, με ρώτησε η μικρή Ελένη…

– Τίποτε, ψυχή μου! Με ξεκουράζεις από ένα … πολύωρο διάβασμα ενός νέου βιβλίου…

– Κωνσταντίνε, να σού φτιάξω και καφέ, με ρώτησε η σύζυγός μου η Αλε-ξάνδρα!

– Ναι, χαρά μου. Ευχαριστώ πολύ.

– Ορίστε, πατερούλη, το νερό σας.

– Ευχαριστώ, ευχαριστώ, καρδιά μου.

– Πατερούλη, πότε θα πάμε στα … βράχια, ρώτησε η μικρή Ελένη!

– Θα πάμε, θα πάμε μια ... ημέρα. Θα πάμε! Πήγαινε τώρα να παίξεις!

– Θα πάμε στο χωριό, με ρώτησε! Αύριο είναι πανηγύρι, πρόσθεσε η μικρή Ελένη.

– Καλά, καλά, πήγαινε, χαρά μου τώρα να παίξεις...

– Κωνσταντίνε, πότε σού είπε ότι θα έρθει εδώ ο πρόεδρος, με ρώτησε η Αλεξάνδρα.

– Στις εφτά, Αλεξάνδρα μου, στις εφτά το απόγευμα. Τώρα τί ώρα είναι, ρώτησα.

– Τώρα είναι πέντε, απάντησε η Αλεξάνδρα. Σού είπε τι σε θέλει;

– Δεν έχω ιδέα. Πάντως, αν κατάλαβα καλά από τα μισόλογά του, θέλει να μού πει κάτι για την περιουσία του Κωστούλα!

– Μήπως σού διέκοψα το διάβασμα; Με ρώτησε η Αλεξάνδρα

– Όχι! Καθόλου, απάντησα στην Αλεξάνδρα, η οποία φαινόταν κάπως ανήσυχη. Έλα, κάθισε κοντά μου.

– Πού το βρήκες αυτό το τετράδιο, αυτά τα φύλλα, με ρώτησε. Μα, εσύ, καλέ μου Κωνσταντίνε, «πνίγηκες» στο χαρτικό...

– «Πνίγηκα» στις σκέψεις μου, Αλεξάνδρα. Αυτά τα φύλλα έχουν φωνή, έχουν ψυχή...

– Μα, αυτά είναι της Ελένης μας, της αδερφής μου. Θυμήθηκα, είπε συγκινημένη η Αλεξάνδρα. Είναι τα ποιήματά της! Και σ' άφησα τόση ώρα μόνο σου!

– Όχι, όχι μόνο μου! Πάντα με συντροφεύει η παρουσία της, η φωνή της, το χαμόγελό της, το αγγελικό της πρόσωπο, το ...

– ... Σταμάτα, Κωνσταντίνε! Σταμάτα, μού είπε η Αλεξάνδρα με ένα δάκρυ σα σταγόνα καυτή να βγαίνει από τα μάτια της. Σταμάτα, μη σκάβεις τις σκέψεις μου...

– Πάντα ακούω τη φωνή της, Αλεξάνδρα: Τα βράχια, τα βράχια!

– Έλα ηρέμησε! Το πρόσωπό σου είναι χλωμό και τα μάτια σου πετάνε σπίθες...

– ... Ποιος έρχεται, ρώτησα.

– Μια στιγμή να κοιτάξω, είπε η Αλεξάνδρα.

– Μήπως είναι ο πρόεδρος, ρώτησα.

– Όχι, όχι! Είναι ο Μήτρος!

– Ο Μήτρος; Πάλι ήρθε στα ... βράχια, ρώτησα. Τί να θέλει ο σκορπιός, διερωτήθηκα!

– Καλησπέρα σας, αφεντικά, είπε ο Μήτρος. Με συμπαθάτε, κύριε Οστά, που ήρθα έτσι αιφνίδια !

– Έλα, Μήτρο, πέρασε. Τί σού συμβαίνει, τον ερώτησα.

– Ήμουνα με τα πρόβατά μου εδώ κοντά και είπα να περάσω να σας δω μόλις έμαθα πώς είστε εδώ, είπε.

– Καλά έκαμες, απάντησα! Να σού φτιάξουμε έναν καφέ; Θέλεις ποτό, αναψυκτικό, τί θέλεις;

– Ένα... φαρμάκι να μού δώκετε...

– ... Κάτι έχεις και σε βασανίζει, Μήτρο, παρατήρησα!...

– Έναν καφέ, κυρία Αλεξάνδρα, έναν καφέ πικρό θέλω, είπε!...

– Ό,τι θέλεις, παλιέ μας φίλε, είπε η Αλεξάνδρα!

– Κάτσε να σε δω, τού είπα. Χρόνια, χρόνια πολλά έχουμε ν' ανταμω-θούμε! Πώς πάνε οι δουλειές σου, τα πρόβατα; Έμαθα πως τώρα έχεις δικά σου!

– Ναι, κύριε καθηγητή μου! Έχου μερικά, καμιά σαρανταριά! Τί είμαι ιγώ μπρουστά σου! Ένα σκύβαλο. Εσύ μεγάλωσες, όπως ακούω, προόδεψες κι έγινες και καθηγητής Πανεπιστήμιου κιόλας! Είσαι άξιους, κύρ Οστά! Φτουχός, μα τίμιος και εργατικός και καλός άνθρωπος! Καθηγητής Πανεπιστήμιου. Διάβαζες πολύ! Γι' αυτό πρόκοψες... Εγώ έμεινα ... βοσκός!

– Καθένας στη δουλειά του είναι χρήσιμος, Μήτρο, τού απάντησα. Άλλος λίγο, άλλος πολύ! Άλλος έτσι, άλλος αλλιώς...

– Θα σού πω κάτι, Κωνσταντίνε, μού είπε. Δεν μπορώ άλλο να το κρατήσω το βάσανό μου στην ψυχή. Αυτή λαγκάδα μού έχει γίνει μαρτύριο, αυτά τα βράχια συνεχώς μου «τρυπάνε» το μυαλό μου...

– ... Μα, τί σού συμβαίνει, καλέ μου άνθρωπε, τού είπα.

– Πουλλά, εφιαλτικά, άγρια! Δεν ξέρου πώς ν' αρχίσου και πώς να τελειώσου! Θα το πω σιγανά για να μην τ' ακούσει η γυναίκα σου, η Αλεξάνδρα, πρόσθεσε!

– Όπως θέλεις!... Σε ακούω με προσοχή, απάντησα.

– Βάλε τα χέρια σου στα μάτια σου να μη με γλιέπεις, είπε με τρεμάμενη φωνή. Πώς να σ' αντικρίσου!

– Αλεξάνδρα, άσε τον καφέ εδώ, είπα στη γυναίκα μου, η οποία έφερε τον καφέ στον Μήτρο. Σε παρακαλώ πολύ, μπορείς να μας αφήσεις λίγο μόνους, την ερώτησα.

– Καλά, Κωνσταντίνε μου. Θα πάω με την κόρη μας, την Ελένη, μια βόλτα...

– Ωραία, καλή μου, είπα. Ωραία σκέψη!

– Άκουσα τώρα το όνομα Ελένη, το όνομα της κόρης σου, και σα να χτύπησε αστροπελέκι στην ψυχή μου, είπε ο Μήτρος!... Πόσο μοιάζει της μακαρίτισσας της Ελένης, συνέχισε. Όταν βλέπω την Αλεξάνδρα ραγίζει η καρδιά μου, πρόσθεσε.

– Τί να γίνει, Μήτρο, είπα. Όλα είναι... τυχερά!

– Τί «τυχερά», κύρ Κωνσταντίνε! Διαουλικά είναι!... Εμείς φταίμε για ούλα και το ρίχνουμε στην τύχη! Ιγώ... ιγώ... ιγώ...

– ... Δηλαδή...

– Ν' ανοίξει η γης και να με καταπιεί. Εκεί είναι η θέση μου. Στο χώμα, στο χώμα, κύριε Οστά!

– Δεν σε καταλαβαίνω, Μήτρο! Μήπως έχεις πιεί, ρώτησα...

– Όχι, την αλήθεια λέου, όσο κι αν βγαίνει απ' σπαραχτοκάρδια μου, είπε. Θα την πω όμως, θα την πω για να γλιτώσου!

– Πες τα μου, Μήτρο, πες τα μου, αφού είναι αλήθεια, όπως είπες...

– Εδώ πούμαστε τώρα, πριν από δώδεκα χρόνια, έφερα με τα διαουλικά μου χέρια στο μακαρίτη τον πεθερό σου ένα «αρνάκι» άσπρο, μισοπεθαμένο! Την ... Ελένη σου!... Την αγαπημένη σου όμορφη Ελένη, την αδερφή της σημερινής γυναίκας σου, της Αλεξάνδρας...

– Στιγμές, πώς σφάζετε το χρόνο και τον πετάτε μπροστά μας σα χινοπωρινά φύλλα, αναφώνησα!

– Ιγώ, ιγώ την σκότωσα, ιγώ, την Ελένη σου, κύρ Κωνσταντίνε!...

– Πάψε, Μήτρο, πάψε...

– ...Δεν θα πάψου αν δεν τα πω ούλα! Κάνε με ό,τι θέλεις! Πήγαινέ με στην Αστυνουμία, στη Δικαιοσύνη! Δεν μ' ενδιαφέρει πια!... Αρκεί να λυτρωθώ!...Ιγώ σκότωσα τον Κωστούλα, το λεβέντη αρχοντόπουλο! Ιγώ. Ιγώ σκότωσα και την Ελένη. Ιγώ σκότωσα κι εσένα...

– Ω Ερινύες που τον φέρατε δεμένο στη φαρέτρα σας! Τί να τον κάνω τώρα, φώναξα με φωνή που έβγαινε με φωτιά από τα σωθικά μου.

– Άκουσέ με! Άκουσέ με για να ξαλαφρώσου κάπως! Δούλος ήμουνα, βοσκός ήμουνα του τσέλιγκα Κωστούλα! Ο Γιάννης είχε θαμπωθεί από το μίσος πούτρεφε για σένα. Το μίσος αυτό φούντωσε μετά την άρνηση της Αλεξάνδρας να κάνει «σχέσεις» μαζί του. Ιγώ πήγα το ραβασάκι, μήπως και τον ... σώσου! Μού ζήτησε τη βοήθειά μου. Ιγώ την πρόσφερα σαν τον Γιούδα, τον Ιούδα, για λίγα χρήματα...

– Ω Ερινύες φιλέκδικες, που μού τον φέρατε μπροστά μου σα σκουλήκι! Πέστε μου, πέστε, τί να τον κάνω τώρα, αναφώνησα και πάλι...

– Να συνεχίσου μήπως ξαλαφρώσω κάπως, κυρ Κωνσταντίνε, ρώτησε.

– Μόνο αν σ' έβγαζε από τη μέση θα γλίτωνε! Είχε τρελαθεί ο άνθρωπος! Στα βράχια θα τέλειωνε η ζωή σου! Και μπήκε σε ενέργεια το σχέδιο!... Θα πηγαίνατε το πρωί στα βράχια για να σας φέρω το αρνί!... Όλη τη νύχτα ... δούλεψα το σχέδιο αυτό για νάχει μεγάλη επιτυχία! Γλιέπεις, τα διαόλια τη νύχτα περιμένουν! Θα σκανδάλιζα το μεγάλο βράχο με τέτοιο τρόπο ώστε μόλις θα πατούσες, καθώς θάριχνα τη μεγάλη πέτρα, νάπεφτις στο γκρεμό! Να όμως που έγιναν τ' αντίθετα! Εσύ γλίτωσες και γκρεμίστηκαν ο Γιάννης και η Ελένη σου. Εσύ ήσουνα ζαλισμένος από το μεγάλο ύψος και δεν θα θυμάσαι τίποτε! Καθώς, λοιπόν, άνοιγε ο βράχος και θάπεφτες μαζί μ' αυτόν κι εσύ, ο Γιάννης, πούταν πίσω σου, έχασε την ισορροπία του και έπεσε στο κενό! Η Ελένη όρμησε φωνάζοντας τ' όνομά σου, νομίζοντας πώς έπεφτες εσύ, γλίστρησε από την ταραχή της και έπεσε στο γκρεμό. Ήσουν όμως τυχερός! Ο Γιάννης ξεψύχησε επιτόπου! Η Ελένη άντεξε μέχρι το σπίτι. Ιγώ την έφερα στα χέρια μου! Φώναζε συνέχεια τ' όνομά σου! Λίγο πριν πεθάνει, λίγο πριν από την πόρτα του σπιτιού, εκεί πέρα, άφησε τη «διαθήκη» της στον πατέρα της, που φώναζε σπαραχτικά, κοιτάζοντας τον ουρανό και χτυπώντας τα στήθη του! Θυμάμαι σαν τώρα τί είχε πει η Ελένη: Ο Κωνσταντίνος να παντρευτεί την Αλεξάνδρα. Τα βράχια, τα βράχια, είπε, και ξεψύχησε!...

– Πού είσαι γλυκιά ψυχή μου ν' ακούσεις το χαμό σου! Μα, εσύ τον ξέρεις... Τα κρίματα δεν μπορούν στο σκοτάδι ν' αντέξουν! Θέλουν Φως κι ας είναι ο θάνατός τους! Εμπρός, λοιπόν, στην κορφή, αρπάξτε και τον «αλάστορα»![1] Μα, τί να τον κάνετε; Είναι όλος στο σκοτάδι, φώναξα σπαραχτικά με όλη τη δύναμη της ψυχής μου...

– Πόσο τώρα νιώθω την ψυχή ελαφριά, είπε ο Μήτρος. Φύγαν οι καπνοί μου. Τώρα ας πεθάνω. Πιστεύω πως θα με δεχτεί τώρα η γης...

– Μιάσματα, πώς τρέχετε τον κόσμο να μολύνετε; Γι' αυτό γονάτισε και αλλού έστρεψε τα μάτια του. Στο χώμα που τον τρώει...

– ... Τώρα θα με ... φάει, κυρ Κωνσταντίνε, ρώτησε...

– Να είσαι βέβαιος, Μήτρο! Άφησέ με, σε παρακαλώ, άφησέ με μόνο μου. Η μετάνοια έχει μεγαλύτερη αξία από την καλή πράξη, είπα!

– Κυρ Κωνσταντίνε, με συγχώρεσες τώρα, ρώτησε ο Μήτρος.

– Αρκετά τιμωρήθηκες, Μήτρο! Η τιμωρία της συνείδησης δεν υποφέρεται! Η μετάνοια είναι το κλειδί να βγεις από τη φυλακή της. Πήγαινε, πήγαινε στα πρόβαρα τώρα, Αλκμέωνα! Τα βράχια, τα βράχια δεν τα ξέχασα!

– Θα φύγου τώρα πούγινα καλόλαλο πουλί! Να πάψουν οι λαγκαδιές να μούναι τάφος ανοιχτός, οι βρύσες φωνές βρικολάκων και οι ρεματιές κουφάρια. Θα φύγου, κυρ Κωνσταντίνε...

– Μια στιγμή, Μήτρο, τού είπα. Περιμένω τον πρόεδρο. Θα μιλήσουμε για την περιουσία του Κωστούλα, αν κατάλαβα καλά από τα μισόλογα που μού έλεγε. Πάντως, θα του πω ότι θα μοιράσω την περιουσία που αγόρασα από τον Κωστούλα σε τριάντα οικογένειες ακτημόνων. Σε σένα θα δώσω δέκα στρέμματα κοντά στα βράχια! Τα βράχια θα γκρεμιστούν!

– Ω, ευχαριστώ, ευχαριστώ, Πανάγαθε, που για τους αμαρτωλούς δούλους σου φροντίζεις. Φεύγου, φεύγου στα δεντριά για ν' ανασάνω λίγου, είπε και έφυγε τρέχοντας...

– Στο καλό...

___

Παραπομπές

[1] **«Αλάστορας»** *(στην αρχαία ελληνική «αλάστωρ»). Δαιμονική οντότητα που προξενούσε τον όλεθρο είτε ο ίδιος είτε χρησιμοποιώντας τους ανθρώπους ως υποχείριά του. Στην τελευταία περίπτωση, ονομαζόταν ο ίδιος ο άνθρωπος που είχε διαπράξει τη μιαρή ή εκδικητική πράξη, όπως συνέβη στην περίπτωση του μητροκτό-*

νου Ορέστη. Αργότερα, η λέξη απέκτησε γενικά τη σημασία του ποταπού και του αχρείου.

***

ΕΝΔΕΚΑΤΟ ΚΕΦΑΛΑΙΟ

Αιώνιο τροπάρι Αγάπης
το τετράδιο της Ελένης

ΟΙ ΝΥΧΤΕΣ, που κάνανε ανάχωμα με τους κύκλους τους, δεν μπόρεσαν να μ' εμποδίσουν στο τέρμα για να φτάσω. Κι αν έσπειραν στο δρόμο τους χορτοκτόνα σκόνη, το δικό μου κύκλο φύλαξα εκεί όπου δεν έφτανε ο χρονοδήμιος. Πέρασε μπροστά μου και στ' ανάχωμά του θάφτηκε. Τάφος αχορτάριαστος ζωή δεν φανερώνει! Ο θάνατος ξερίζωσε κι αυτά που θα τρέφονταν από τον άνοστο χυμό του για να τον φτιάξουν ανθόγαλο. Πού να πετάξουν εκεί οι ψυχοφόρες πεταλούδες; Τί να ρουφήξουν εκεί οι κεντριοφόρες μέλισσες; Νυχτορουφήχτρα αυγή, δείξε μου με το Φως σου πως η δύναμη δεν βρίσκεται στο ύψος, αφού εσύ στα πέπλα σου το σέρνεις και το πετάς στα κύματα και τρέμει. Το συνάντησα στο πλατυγιάλι μόνο σε προσφορά ίσκιου. Μα, η φωνή ήταν αληθινή. Βρήκα τη λύση στον ίσκιο της λαγκάδας! Τα βράχια= θάνατος! Άρα, τα βράχια έπρεπε να πεθάνουν. Ο Χρόνος προσδιόρισε τη Φωνή κι εκείνη με τη σειρά της το Ψέμα που έκρυβε μια πρόσθεση από λιθάρια. Ήταν η ίδια η φωνή που πάντα άκουγα στο πλατυγιάλι. Και τώρα που ήρθα πιο κοντά της, στην πηγή της, ανάβρυσε μόνο ψαλμούς και ύμνους στη χώρα της, τη λιθόσκαλά της, με μουσικό κλειδί την Αγάπη!

Σταμάτησε ο λογισμός μου. Σταμάτησε ή πέρασε πάνω από τα βράχια για να δει από πάνω τί κρατάνε τα κουφολίθια. Τώρα τον βλέπω να έρχεται. Δεν είναι μόνος! Από τα βράχια τράβηξε τη Ζωή και την απόθεσε στα χέρια μου. Άραγε, θα μπορέσω να την κρατήσω; Μα, τί στεγνός που είναι ο καιρός! Κάπου πρέπει να τη φυλάξω. Πες μου, λογισμέ, πού; Εσύ που μαζί μ' αυτήν βαδίζεις, πες μου πού να την φυλάξω;

Σε σιδερένια κάσα[1] να την κλείσω; Μα, ο χρόνος ρίχνει με φτυαριές τη σκουριά!

Ξεφύλλισα το τετράδιο της Ελένης. Ο λογισμός μου απάντησε! Σ' εσένα, σ' εσένα που στον Ελικώνα σ' ανάθρεψαν οι μούσες, σ' εσένα αφήνω τη

Ζωή! Μαζί σου δεν πεθαίνει! Την ακούω, την ακούω:

– Κωνσταντίνε μου, αν ο θάνατος το σώμα μου αρπάξει, πες μου, πες μου, καλέ μου, την ψυχή, πες μου, αγαπημένε μου, εσύ θα του τήν αρπάξεις;

– Καλή μου, ο θάνατος είναι μόνο σαρκοφάγος, εμείς οι άνθρωποι είμαστε ψυχοφάγοι!

– Δεν θα σ' αφήσω, καλέ μου, οι σαρκοσχίστες αητοί τα ράμφια τους να μπήξουν στην ψυχή σου! Εγώ, αγαπημένε μου, την έδωσα φυλαχτό για να τήν έχεις μαζί με τη δική σου!...

– Τί καθάρια φωνή, τί γλυκιά φωνή που ακούνε τα βράχια! Μήπως, άραγε, την καταλαβαίνουν; Μόνο μια ακούνε φωνή, αυτή του γαμψόνυχου αητού! Μα, εγώ θα φωνάξω και πάλι για να με ακούσει η ψυχή μου…

Μια μάνας
στήθια
μάς βυζάξανε
στα κάπουλα του Πήγασου.
Τί κι αν τα γεράκια
κάτω
τροχίζουνε τα ράμφια τους
στη γης
τα στέρφα στήθια!
Περάσαμε τον άνεμο,
τα σύννεφα μεριάσαν
και οι οπλές τους
άδυτα αστέρα γίνανε.
Τί κι αν τα γεράκια
κάτω
θάβονται
στις οπλές των Κενταύρων.
Μιας μάνας
στήθια
μάς βυζάξανε πάνω στον Ελικώνα[2]*.*

Τί ευτυχία στη χώρα των ασφοδέλων! Μια σκέψη μόνο απόμεινε. Κι εκείνη μού έγινε τραγούδι. Μια λέξη μόνο φύτρωσε κι εκείνη μόνο έζησε! Αγάπη...

Καταχνιά έζωσε το είδωλο. Τώρα κυριαρχεί μόνο η Σκέψη. Ποιοι τάχα άνεμοι σπρώχνουν την καταχνιά κι εκείνο, το είδωλό μου, ομορφαίνει; Γι' αυτούς, τους κίβδηλους, η λέξη αυτή ξεθώριασε, διότι ήταν μόνο στήριγμα στο βάρος της σάρκας. Ξεχνάνε πως η Αγάπη είναι μόνο στήριγμα της ψυχής!

Ασφόδελοι, ασφόδελοι,
κρεμάστε
της ψυχής μου τη λύρα.

Κάποιο πουλί τις χορδές της κρούει στο τετράδιό της με τα ποιήματά της. Ξαναδιαβάζω μερικά που μού έλεγε η Ελένη μου:

— Καλέ μου, πες μου πως αιώνια, όσο υπάρχουν βράχια, πως κι όταν γκρεμιστούν, όταν οι ημέρες μεγαλώνουν και μικραίνουν, και στις συννεφιές και στις χειμωνιές, πες μου πως πάντα μαζί θα είμαστε στη χώρα των ασφοδέλων!

— Ψυχής μου στήριγμα, πόσο τα άφθαρτα τα λόγια σου τον άνεμο σπαθίζουν. Εμείς είμαστε μόνο αγαπημένοι. Τί φταίμε εμείς που άλλοι νοθεύσανε τη λέξη με σαρκόνερο και φεύγουνε από το τραπέζι του έρωτα μεθυσμένοι;

— Γλυκέ μου, μήπως ένα φίλημα νερώνει την αγάπη;

— Όχι, τής είχα απαντήσει και τότε, όπως σημειώνει στο τετράδιό της: Τη λύρα κρούει, αγάπη μου, τη λύρα που κρεμάσαμε στη χώρα των ασφοδέλων, είχε σημειώσει με μαύρα γράμματα!

— Έχεις δίκιο, Κωνσταντίνε. Τη μουσική της άκουσα μέσα στους ασφοδέλους. Την ονόμασα Ευτυχία!

— Ναι, τής χάρισα τη μουσική των παλμών της ψυχής ανόθευτη, ολοκάθαρη σαν τη δική της λύρα!

Σ' εκείνη που μού έδωσε
στα χέρια την Αγάπη!

Πρώτα ήταν μόνο σκέψη. Την προφητεία της τή μάζεψα. Μάντεψα τον θάνατό της στα βράχια!.. Μάντεψα το θάνατό της από τις φωνές των αητών που την τριγύριζαν!... Άκουσα τη φωνή της. Πάντα αντηχεί η φωνή της. Δεν είναι προφητεία;

– Κωνσταντίνε μου, αν ο θάνατος το σώμα μου αρπάξει, πες μου, καλέ μου, πες μου, αγαπημένε μου, εσύ την ψυχή θα τού τήν αρπάξεις;

Πώς θα μπορέσω, ασφόδελοι, πέστε μου, πώς θα μπορέσω να ζήσω χωρίς την ψυχή της;

Ασφόδελοι, ασφόδελοι,
κρεμάστε
της ψυχής μου τη λύρα.
Κάποιο πουλί τις χορδές της κρούει!

Τα βράχια πρέπει να πεθάνουν!... Ήταν η φωνή που άκουγα πάντα στο πλατυγιάλι. Ο ήλιος όλο και γλιστράει στο βάραθρό του. Ο δικός μου ήλιος όλο κι ανεβαίνει στης ψυχής μου το θόλο! Ποιος μπορεί να τού κόψει το δρόμο; Μα, εγώ δεν έχω ποτέ νύχτα! Το δικό μου δεν είναι όνειρο. Το δικό μου είδωλο είναι αλήθεια, είναι πραγματικότητα! Τα βράχια πρέπει να πεθάνουν!...

———

Παραπομπές

[1] **Κάσα.** *Φέρετρο, σε μερικές περιοχές της Ελλάδος.*

[2] **Ελικώνας.** *Βουνό γνωστό από την ελληνική μυθολογία διότι υπήρχαν σε αυτόν δύο πηγές αφιερωμένες στις Μούσες: η Αγανίππη και η Ιπποκρήνη. Ο Ησίοδος αναφέρει άλλες πηγές που ήταν άντρα των Μουσών.*

***

ΔΩΔΕΚΑΤΟ ΚΕΦΑΛΑΙΟ

Σχολείο με πέτρα από τα βράχια

ΚΑΤΙ σα βήματα ζωντανεύουν στο πλακόστρωτο. Μήπως είναι βήματα από τη χώρα των περασμένων; Μια φωνή ακούω:

— Κυρία Αλεξάνδρα, κύριε Κωνσταντίνε!

Σηκώθηκα.

— Ω καλησπέρα σας, κυρία Οστά, καλησπέρα σας κύριε Οστά.

— Τί κάνετε κύριε Νίκο, τί κάνετε, κύριε Μπέκο, τον χαιρετάει η γυναίκα μου, η Αλεξάνδρα.

— Ας τα πούμε καλά, είπε ο κυρ Νίκος. Αγώνας η ζωή. Αχ, τί τραβάει ο παλιάνθρωπος μέχρι να ξεψυχήσει!

— Καθίστε, κύριε Μπέκο. Σάς περίμενα.

— Ναι, σας είχα παραγγείλει πως θα ερχόμουνα. Μήπως σας απασχολώ, κύριε καθηγητά;

— Θα με λες Κωνσταντίνο. Ούτε στον πληθυντικό!

— Δυσκολεύομαι λιγάκι, αλλά θα προσπαθήσω, όπως θέλετε...

— Πάλι τα ίδια! Είπαμε: όπως θέλεις και όχι όπως θέλετε...

— Μού ξέφυγε! Μα, πώς μπορώ να μιλάω στον ενικό σε εσάς, σε μια μεγάλη προσωπικότητα, κύριε Κωνσταντίνε;

— Τυπικά πράγματα όλα αυτά. Μας ξεφεύγει η ουσία!

— Αχ, πότε πέρασαν δώδεκα χρόνια, από τότε, Κωνσταντίνε. Δώδεκα χρόνια, σα να ήταν χτες από τότε που σάς βρήκα στα βράχια, στη βρυσομάνα κάτω... Όταν θυμάμαι όλα αυτά τα αδικοχαμένα παιδιά, μούρχεται τρέλα!

Δεν μίλησα. Τί άλλο μπορούσα να πω; Ο κυρ Νίκος (είναι τώρα πρόεδρος του χωριού) είχε περάσει, πράγματι, τότε από τα βράχια και με είχαν εντυπωσιάσει η απλότητά του, η καθαρότητα της ψυχής του, τα σοφά λόγια του...

– Θυμάμαι, θυμάμαι σαν τώρα, κύριε Νίκο, την εικόνα αυτή. Δεν μπορώ να τήν βγάλω από το μυαλό μου!

– Αχ, όμορφή μου, Ελένη! Αχ, καημένε, Γιάννη! Πόσα φαρμάκια αφήσατε πίσω σας; Καημένε Κωνσταντίνε, πού είναι η Ελένη σου; Να είσαι καλά, Κωνσταντίνε! Είσαι άξιος. Χαίρομαι που σε βλέπω. Το χωριό μας καυχιέται για σένα!

– Ευχαριστώ, κύριε Νίκο. Πάντα σ' εκτιμούσα. Τί θα σού προσφέρουμε; Αλεξάνδρα, Αλεξάνδρα, πού είσαι καρδιά μου;

– Με συγχωρείτε, κύριε πρόεδρε. Πήγα μια στιγμή να πάρω την Ελένη, την κόρη μου, από τις βρύσες. Εκεί παίζει με τα νερά και μουσκεύει συνεχώς τα ρούχα της, είπε η Αλεξάνδρα.

– Σε παρακαλώ, Αλεξάνδρα, πρόσφερε στον πρόεδρο ό,τι θέλει.

– Μια πορτοκαλάδα θα ήθελα, είπε ο κυρ Νίκος.

– Ο κυρ Νίκος είναι δικός μας άνθρωπος. Δεν μάς παρεξηγεί, είπε η Αλεξάνδρα.

– Κάνε τη δουλειά σου, παιδί μου. Δεν πειράζει, απάντησε ο κυρ Νίκος.

– Λοιπόν, κύριε πρόεδρε, ρώτησα.

– Κωνσταντίνε, ήρθα να σε παρακαλέσω για κάτι που κατά τη γνώμη είναι πολύ καλό για το χωριό. Θέλω να με βοηθήσεις. Ξέρω πως μπορείς. Οπωσδήποτε θα θελήσεις να βοηθήσεις το χωριό!

– Ό,τι θέλεις, απάντησα...

– Σκεφτήκαμε το εξής, συνέχισε. Όπως ξέρεις, την περιουσία του ο Κωστούλας την άφησε δια διαθήκης του μισή στην Εκκλησία και μισή στην Κοινότητα. Στη διαθήκη σημειώνει ότι θα ρευστοποιηθεί μόνο αν το αντίστοιχο ποσό διατεθεί για ένα καλό έργο στο χωριό. Εσύ ξέρεις. Αγόρασες πρόθυμα από εμάς τη λαγκάδα μόλις σε ενημερώσαμε πέρυσι, όταν ήρθαμε στην Αθήνα, για τον πλειοδοτικό διαγωνισμό που αφορούσε την πώληση της περιουσίας του Κωστούλα που άφησε στην Κοινότητα. Και μάλιστα το αγόρασες πολύ ακριβά κατά στρέμμα.

– Ε, δεν πειράζει! Εγώ θέλησα και το «χτύπησα» ακριβά για να σάς βοηθήσω!

– Α, ευχαριστούμε, Κωνσταντίνε! Τώρα που κατέβηκες στο χωριό... Αλήθεια πόσα χρόνια έχεις νάρθεις;

– Πέντε χρόνια! Όμως έφυγα αμέσως!

– Ναι, πέντε χρόνια! Πού είχα μείνει... Α, θυμήθηκα. Τώρα που ήρθες στο χωριό μας σκέφτηκα να σού ζητήσω μια χάρη. Να βοηθήσουμε το χωριό... Έχουμε μαζέψει μερικά χρήματα. Ο Κωστούλας, θεός να τον συγχωρέσει, είναι ευεργέτης του χωριού μας. Σκεφτήκαμε να χτίσουμε σχολείο για να τον μνημονεύουν οι γενεές! Ξέρεις πως δεν έχουμε σχολείο για τα παιδιά μας και δεν πρόκειται να αποκτήσουμε από το κράτος! Επειδή τα χρήματά μας δεν φτάνουν, θέλω να σε παρακαλέσω, Κωνσταντίνε, να μάς βοηθήσεις...

– Και βέβαια, κύριε πρόεδρε, απάντησα χαρούμενα. Αυτό με ευχαριστεί ιδιαίτερα. Είμαι στη διάθεσή σας. Ό,τι θέλετε και όσα θέλετε. Από αύριο κιόλας αρχίστε...

– Ευχαριστούμε πολύ, κύριε Οστά! Το χωριό θα σε ευγνωμονεί για την προσφορά σου!

– Καθήκον μου, κύριε πρόεδρε, καθήκον μου στον τόπο που μ' ανάθρεψε και με μεγάλωσε!

– Ήσουν πάντα καλός. Γι' αυτό, άλλωστε, πρόκοψες...

– Μη μού αρχίσεις τώρα τα πολιτικάντικα γλυκόλογα...

– Όχι, όχι! Βγαίνουν από την καρδιά μου! Ήσουν φτωχό παιδί. Κι όμως είχες τη θέληση και τη δύναμη να προχωρήσεις παρά τα τεράστια εμπόδια. Και να ξέρεις πως είσαι ο πρώτος καθηγητής Πανεπιστημίου που έβγαλε το χωριό μας! Ο μακαρίτης ο Βασίλης, ο πεθερός σου, που έσκασε από τον καημό του για την Ελένη, όλο για σένα μιλούσε: «Έχασα την Ελένη μου, αλλά μούδωκε ο θεός τον Κωνσταντίνο μου», μού έλεγε

Πλημμυρισμένος από τη συγκίνηση και με ένα κόμπο στο λαιμό κύλησε από τα μάτια μου ένα μεγάλο δάκρυ. Με είδε ο πρόεδρος και μού είπε με συγκίνηση:

– Κωνσταντίνε, ξέρω ότι σού δίνω μαχαιριές στην ψυχή σου με όλα αυτά. Αλλά τα λόγια μου βγαίνουν από την καρδιά μου ελεύθερα... Συγχώρα με...

– Δεν πειράζει, πρόεδρε. Θα σε παρακαλούσα το σχολείο να χτιστεί με πέτρα από τα βράχια. Τα βράχια θα τα γκρεμίσω, θα τα ισοπεδώσω!

– Μα, υπάρχει, κύριε καθηγητά μου, καλύτερη πέτρα από αυτή στα βράχια για χτίσιμο; Κατάλαβα... Τα βράχια πρέπει να ισοπεδωθούν, τα βράχια πρέπει να τα ισοπεδώσεις, Κωνσταντίνε...

Δεν θ' αφήσω ούτε χαλίκι, πρόεδρε. Τα βράχια θα γίνουν κήπος!

– Βεβαίως! Κι εγώ θα στήσω το άγαλμα της Ελένης!

– Όχι! Μόνο εγώ θα στήσω άγαλμα, όπως τήν έχω στην ψυχή μου.

– Καλά, καλά. Τότε εμείς θα κάνουμε το άγαλμα του Γιάννη στο προαύλιο του σχολικού μεγάρου...

– ... Ούτε! Κι αυτό θα το κάνω εγώ. Σεις θα δώσετε στο σχολείο το όνομα του Κωστούλα ως ευεργέτη. Έτσι πρέπει να γίνει...

– Και το δικό σου, ρώτησε.

– Όχι! Όχι. Τίποτε για μένα!!! Σκέφτηκα και κάτι άλλο. Αύριο συμπληρώνονται δώδεκα χρόνια από το θάνατο της Ελένης μου. Αποφάσισα, με την ευκαιρία αυτή, να μοιράσω τη λαγκάδα, που αγόρασα, στους ακτήμονες του χωριού μας. Αυτό θα το ρυθμίσεις εσύ! Από αύριο αρχίζει το έργο μας. Του Μήτρου θα δώσεις δέκα στρέμματα! Την περιοχή γύρω από τα βράχια θα την κρατήσω εγώ. Όλα τα άλλα μοίρασέ τα σωστά και δίκαια. Κοίταξε μη μείνει κανείς παραπονούμενος...

– Αχ, Κωνσταντίνε μου, ο κόσμος είναι αχόρταγος και αχάριστος. Όσα και να τού δώκεις, πάντα παραπονιέται. Μα, αυτό δεν το περίμενα! Όταν ένας τόπος βγάζει τέτοιους ανθρώπους, τί έχει να φοβηθεί;

– ... Το λιθοβολισμό του, πρόεδρε! Το λιθοβολισμό του! Αγίασε κανείς στον τόπο του;

– Έχεις δίκιο! Θ΄ ακούσουμε πολλά! Πως θέλει, μαζί με τον πρόεδρο να «φάει» λεφτά, πως θα βολέψουν τους δικούς τους, πως τα λεφτά στα λεφτά πάνε. Πονηριές, δηλαδή. Συκοφαντίες, δηλαδή... Αν ξέρετε τί λένε μερικοί για μένα!

– Μπράβο, Κωνσταντίνε, είπε η Αλεξάνδρα, ενώ ένα δάκρυ αργοβάδιζε στο μάγουλό της γεμάτο από πόνο και χαρά συνάμα! Πολλά περίμενα από σένα, αλλά όχι κι αυτό, συμπλήρωσε.

– Ευτυχία, αγάπη, χαρά, Αλεξάνδρα μου, στη χώρα των ασφοδέλων, είπα!

– Να είσαι πάντα καλά, Κωνσταντίνε μου, είπε συγκινημένη...

– Λοιπόν, εγώ φεύγω, είπε ο πρόεδρος. Αύριο θα αντηχήσει η λαγκαδιά από τα μηχανήματα. Τα βράχια πεθαίνουν σε λίγο! Καληνύχτα σας και σας ευχαριστώ, είπε κι έφυγε ο κυρ Νίκος...

– Καληνύχτα, πρόεδρε. Στο καλό, είπα.

* * *

ΔΕΚΑΤΟ ΤΡΙΤΟ ΚΕΦΑΛΑΙΟ

Παρακαταθήκες από το τετράδιο της Ελένης

ΚΙ ΕΣΥ, Δύση μου, καλό μου θυμητάρι, σα θυμιατήρι που το θυμίαμα τις σκέψεις του τραβά, πάντα θα θυμίζεις τις αυγές. Πόσες φορές δεν στάθηκες για λίγο στο βουνοπροσκέφαλο, νανούρισμα ν' ακούσεις από τα χείλια εκείνης. Τα χείλια εκείνης βύθιζαν τις αχτίδες σου στο δικό μου σώμα. Και τότε στάθηκες να ρίξεις τις τελευταίες σου σκέψεις στην ψυχή της, τέτοια στιγμή, εσπερινή στιγμή, που τα μάτια σου σπιθοβολούσαν στο σκοτάδι! Πάντα φέρνεις αυτές τις ώρες, βάζεις μπροστά μου τα ίδια αιώνια λόγια της, τη φωνή της, της χαράς μου τη φωνή!

– Κωνσταντίνε μου, καλέ μου, αγαπημένε μου, αν ο θάνατος το σώμα μου αρπάξει, πες μου, καλέ μου, πες μου, την ψυχή μου εσύ θα του τήν αρπάξεις;

– Καλή μου, αγαπημένη μου, εγώ φυλαχτό τήν κράτησα την ψυχή σου για να είναι πάντα μαζί με τη δική μου!

  Και τώρα που τους στίχους σκάβω, ο Απόλλων είναι χρησμοδότης! Άκουσα το στερνό σου τραγούδι, αγαπημένη μου. Προφήτεψα το χαμό σου, το θάνατό σου στα βράχια! Εκεί τις προφητείες έσπειρα. Τα δειλινά θα μάς θυμίζουν μόνο αυγές! Το στερνό τραγούδι της, θέλεις, Δύση, ν' ακούσεις! Το τραγούδι που αντήχησε πριν από τον θάνατό της, για να έρθει ο θάνατος σκορπώντας μόνο βέλη στους βραχάνθρωπους. Τώρα που τους στίχους της σκάβω, βρίσκω στα λόγια της χρησμούς:

Στερνό τραγούδι,
στερνό μου αηδόνι,
στη στερνή της μέρας ώρα,
πριν κουρνιάσεις
στο φουντωτό απέναντι κυπαρίσσι,
πες μου!
Στερνό τραγούδι,
λύρα μου,
πριν τις χορδές

φράχτη
του ξεραμένου κήπου μου τις κάνω,
πες μου.
Στερνό τραγούδι,
αιώνιας γεύσης του κήπου μου
(ήταν άχρηστη στους ζωντανούς!)
κόψε τους λεμονανθούς
και φώλιασε
στ' απέναντι μονάχο κυπαρίσσι
και πες μου!
Για δες, για δες
τ' απέναντι πώς είναι περιβόλι
με κυπαρίσσι φουντωτό
στη μέση
που λυγίζει σα να καλεί
κάποια ψυχή
κι εκείνη να πεθάνει!

Και τότε που τα λόγια σου σχίσανε της νυχτιάς το πέπλο, πάνω στο βωμό σου σκόρπισα της ψυχής μου τα κομμάτια που κρατάς σφιχτά , σφιχτά:

Όταν δεν έχεις τίποτ' άλλο
να προσφέρεις για θυσία,
δώσε το βωμό σου!

Ήταν, καλή μου, αυτά όλα επιτάφια φτερουγίσματα. Ο θεριστής δρεπάνισε το Μάη και στη λαγκάδα σκόρπισε ασπροκίτρινο χρώμα. Εγώ όμως δεν είμαι θεριστής! Εγώ ήμουνα ένας χρησμοδότης! Εγώ δεν είμαι τρυγητής! Εγώ ήμουνα ένας μαζωχτής! Σε μένα ο τρυγητής έδωσε μόνο τους καρπούς που μάζεψε, τα φύλλα τ' άφησε για το χινόπωρο! Αυτός ο θεριστής, τον Μάη μού δρεπάνισε. Ο θάνατος, τέτοιες ώρες ανασταίνει. Δώδεκα ώρες, δώδεκα χρόνια, δώδεκα αιώνες μαζώνονται σ' ένα σημείο που στήνουν το βωμό μιας αξίας, μιας πίστης διαφορετικής από εκείνη που χτίζουν και γκρεμίζουν οι άνθρωποι για να σκονίζονται. Οι μαστροχαλαστάδες! Εκεί επάνω κομμάτια από σκέψεις απόθεσα κι έκαναν την Ευτυχία! Η Ευτυχία που χτίστηκε πάνω στο βωμό, η Ευτυχία που φανέρωσε, τέλος πάντων, το αμετάθετο μιας πίστης στο ωραίο, το υψηλό, το ιδανικό, με αυτά τα αιώνια λόγια, που χαραγμένα πάνω στο βωμό που πρόσφερα, θα πετάξει στα ουράνια:

Όταν δεν θέλεις να χάσεις
το ωραίο,
δείξε πως το θέλεις, όταν χάθηκε!

Εγώ το βωμό μου πρόσφερα για να κρατήσω την Ευτυχία που πηγάζει μέσα από το αιώνιο της ανθρωπιάς ποτάμι. Η ευτυχία είναι συμπέρασμα, είναι διώχτρια της ελπίδας. Όταν υπάρχει η ελπίδα, η ευτυχία φτερουγίζει χωρίς να βρει κλαρί για να καθίσει. Εγώ την έκραξα να καθίσει στο βωμό που πρόσφερα. Εγώ τήν είδα. Για να ελπίζω. Γιατί να προσμένω;

Τα ρόδα, τα τριαντάφυλλα
ξερίζωσα
(είχαν κι αυτά αγκάθια)
να δω τί ρίζες
θα τρώνε τα σκουλήκια!
Ο φράχτης μου
άλλο δεν θ' αφήσει Μάη
της λύρας μου
ν' ακούσει το τραγούδι.
Απέναντι ας έρθει
κρεμασμένη να τη δει στο κυπαρίσσι!
Στη ρίζα σου,
Ψυχογεννημένο είδωλο,
θ' αφήσω την ψυχή μου
(το περιβόλι πέθανε)
να τήν ραντίσεις
με χινόπωρου στάλες.
Στερνό τραγούδι,
στερνό δώρο,
την άχορδη λύρα μου
στον τάφο σου!
Ο θάνατός μου θα δώσει
κάποιο ύψος στο κυπαρίσσι σου!

Φαίνεται πως πρέπει να πεθάνει ο θάνατος για να γεννηθεί η ανθρωπιά και στα κλαριά της η ευτυχία και η χαρά. Το νόημά της μού έφερε η φωνή. Κάποια ισοπέδωση μού ανάγγειλε, κάποια καθίζηση μού έδειξε το … ύψος της! Τα βράχια γεννούν θάνατο! Γι' αυτό θα πεθάνουν! Πώς άδειασε ο Γολγοθάς τα σπλάχνα του και γέμισαν οι κορφές του από νεκρούς; Μόνο ένα κήπος κρατούσε στον τάφο τη Ζωή. Πόσοι σταυρώθηκαν κι αναστήθηκαν; Μόνο η αλήθεια! Μόνο το άγγελμα της ανάστασης γκρέμισε ψεύτικα είδωλα που σκεπάστηκαν με τη σκόνη τους!...

Τα βράχια που τρέφονται από την ξέρα τη λιοχτύπητη, σε άρπαξαν. Μα, η νύχτα, που μέσα της έφραξε την ευτυχία και την αγάπη, σε έκανε φωτεινό είδωλο. Αυτό φανερώνει την αλήθεια. Και μού είπες τότε που ο Μάης στα πέταλά του φάνταζε ονειρόχρωμα: Κωνσταντίνε μου, πες μου, καλέ μου, αν ο θάνατος το σώμα αρπάξει, πες μου, αγαπημένε μου, εσύ την ψυχή μου θα τήν αρπάξεις;

Ο Σταυρός αγιάζεται
με το αίμα των ληστών!

Έτσι μού είπες! Αυτά τα λόγια θα μού θυμίζουν τα δειλινά, καθώς ακοντίζουν τον αδειανό ουρανό και στην ξέρα φανερώνουν τα πέτρινα δόντια των βράχων, έτοιμα να κατασπαράξουν βήματα χρησμοδότη, να σκεπάσουν με τον ίσκιο τους κάθε φωνή χαράς και να δυναμώσουν τη φωνή του αητού, του μίσους.

Καλή μου, στη χώρα των ασφοδέλων είχα σπείρει ελπίδα και προσμονή. Ο θεριστής μού πρόσφερε Ευτυχία! Τί άλλο μπορούσε να μού δώσει ο θεριστής; Κι αν πέθανες μαζί με τις καλαμιές και τα ξερόχορτα, πέθανες για να μού προσφέρεις τον καρπό! Αυτό τον καρπό γύρευα στην ξέρα. Τότε μόνο πρόσμενα! Τώρα, στους ασφόδελους άπλωσα τον καρπό για να δείξω πως τα κοράκια πετάνε πάνω από ψοφίμια! Ποιος μπορεί την ψυχή στα γαμψά νύχια να κρατήσει; Μόνο στους Ζέφυρους ανήκεις. Κάθε ψυχή που το σώμα κινεί στους ασφόδελους αναπαύεται! Κάθε σώμα που την ψυχή πνίγε,ι στα κοράκια προσφέρεται...

Ας είναι ένας χρησμός που χρόνια με κύκλωνε. Απ' αυτόν δεν μπορώ να ξεμακρύνω! Κι αν η Κασταλία στερέψει, πού θα δροσίζονται τα αηδόνια; Η μόνη μου χαρά είναι πως έμεινα όρθιος στον τάφο σου, κρατώντας την ψυχή σου! Αυτό δείχνει πως κάτι υπάρχει στους νιοσκαμμένους τάφους που σφραγίστηκαν για πάντα. Μέσα στους ψεύτικους βωμούς υπάρχει κι ένας αληθινός! Αυτόν δεν τον προσέχει ο άνθρωπος, διότι είναι ψηλά ή τον φαντάζονται πως είναι ψηλά και, τελικά, λιώνει...

Θύμισέ μου, Δύση, θύμισέ μου βωμούς σαρκόπεπλους. Αυτούς βρίσκω, καθώς ο αέρας της θύμησης ξεφυλλίζει το τετράδιό της:

Ανούσιες σάρκες, χέρια ανόσια
θανατερή πρώτης θυσίας
γεύση,
σε ποιους νεκρούς
(δεν υπάρχει πια ζωντανός!)
δώρα, «Δαναοί», να προσφέρω;
Όσφρηση μυρόβριθη
Κασταλίας σπλάχνων,
Πυθίας χρησμό
στα δικά μου σπλάχνα
(δεν υπάρχει πια βωμός)
έφερες.
Πού είναι, αιώνια γλυκόλαλη, ο βωμός;
Μπροστά απ' τη νίκη,
μετά τη νίκη ποιών;
Στη στιχοροή σου
ποιος βωμός σαρκόπεπλος
κοράκια κράζει;

Τα βράχια απόψε μετράνε τις ώρες που δεν θα ξαναγυρίσουν. Ένας κύκλος σβήνει. Αυτό δείχνει πως πολλοί ακόμα κύκλοι σκεπάζουν την αχτίνα του κύκλου της Ζωής. Μόνο όταν τα βράχια σβήσουν, στο θόλο της ψυχής θα φανεί το φωτεινό της Ευτυχίας τόξο. Τότε και τα στίφη των αητών θα διαλυθούν και οι Άρπυιες θα φύγουν από τη χώρα των ασφοδέλων, από κάθε χώρα όπου στήθηκαν και στήνονται βωμοί όχι για θυσίες με καπνούς σε ψεύτικους θεούς, αλλά στη δύναμη της Αγάπης και της Ευτυχίας που κρατάει τον άνθρωπο πάνω από τα πράγματα, πάνω από το σκοτάδι και την καταχνιά...

Τότε, τα βράχια ήταν ένας όγκος που σκέπαζε με τη σκιά του τους αδύναμους! Μα, η φωνή από το πλατυγιάλι και πριν και μετά με καλούσε τη σκιά τους να σβήσω. Κατάλαβα την τροχιά μου.

Έπρεπε να προχωρήσω, διότι μόνο αυτό σημαίνει δύναμη!

Μόνο μια χώρα ονειρεύτηκα. Τη χώρα των ασφοδέλων, με μιαν αυγή που μού φανέρωσε το νόημα του σκοταδιού! Τότε τα βράχια έσκουζαν ή έτριζαν; Μάζεψα όλες τις σκέψεις και τίς πρόσφερα κάτω από την ίδια κληματαριά στον κήπο του αγροτόσπιτου, τίς έσπειρα στην αυλή τότε που μόνο πρόσμενα. Κι όταν ακούστηκαν το βράδυ οι στίχοι, εκείνη έγινε Αγάπη! Και τότε κι εγώ της χάρισα αυτό που με είχε δυναμώσει: το αιώνιο γι’ αυτήν αυτό τραγούδι μου! Τότε, που τα βράχια σκόρπιζαν το φόβο, οι στίχοι μας έδιωξαν τη λύσσα τους!

Τότε την προσμονή μου κουβαλούσα στο πλατυγιάλι και ήξερα, ήξερα πού βασανίζεται το ωραίο, το καλό! Τότε η αυγή μού έδειξε το δειλινό, μού τράνωσε τις σκέψεις μου, με στέριωσε στο χώμα για να κοιτάζω τον ουρανό, κάρφωσε τις αχτίδες των ματιών μου στα σύννεφα, δυνάμωσε το βήμα στο ριζό των βράχων.

Έπρεπε να προχωρήσω, διότι μόνο αυτό σημαίνει δύναμη!

Μια φωνή ακούστηκε από την καρπισμένη κληματαριά, καθώς κοίταζα τα βράχια:

Δείξε πως κάτι είναι ωραίο
πεθαίνοντας γι’ αυτό!

Έπρεπε να προχωρήσω, διότι μόνο αυτό σημαίνει δύναμη!

Αν το ψέμα φόρεσε της αλήθειας το σχήμα, η δύναμη το ξεσκεπάζει! Η φωνή στο πλατυγιάλι είναι μόνο θρήνος, εμείς πέτρινοι όγκοι, οι νύχτες ρουφήχτρες της ανθρώπινης Ευτυχίας. Η φυγή γίνεται νεκροθάφτης του εαυτού μας και το ψέμα κυπαρίσσι στον τάφο μας!

Έπρεπε να προχωρήσω, διότι μόνο αυτό σημαίνει δύναμη!

Αλλά, πρέπει πάντα να σταθούμε σ’ ένα πλατυγιάλι για ν’ ακούμε πάντα τη φωνή της Αλήθειας. Πάντα, ένας δρόμος μάς φέρνει στη χώρα των ασφοδέλων! Πάντα μια Ζωή ζητάει την πραγματική Αγάπη και την πραγματική Ευτυχία!

Και πάντα είναι στα χέρια της Ζωής και τα δύο αυτά!

Κι όμως,
της κόλασης οι φλόγες
μας ζώνουν,
όταν ακόμα είμαστε
στον παράδεισο!

Με αυτούς τους στίχους τελειώνει το τετράδιό της Ελένης. Ιερό κειμήλιο, ιερό θυμιατήρι με ψαλμούς αιώνιους στον άνθρωπο, στην Αγάπη και την Ευτυχία.

Το τετράδιο της Ελένης μου... Αυτό το αιώνιο τροπάρι να ψέλνουμε, όπως έλεγε ο Λαμαρτίνος...

* * *

ΤΕΛΟΣ

Ο ΣΥΓΓΡΑΦΕΑΣ

Ο ΔΗΜΗΤΡΗΣ Λ. ΣΤΕΡΓΙΟΥ είναι δημοσιογράφος και συγγραφέας πολλών, κυρίως οικονομικών, λαογραφικών και γλωσσολογικών, βιβλίων. Το μυθιστόρημα αυτό είναι το μοναδικό του λογοτεχνικό βιβλίο.

Γεννήθηκε στην Παλαιομάνινα Αιτωλοακαρνανίας από αγρότες γονείς. Τελείωσε το Δημοτικό Σχολείο της Παλαιομάνινας και, στη συνέχεια, ως μαθητής του Γυμνασίου της Παλαμαϊκής Σχολής της Ιεράς Πόλεως του Μεσολογγίου διακρίθηκε για τις άριστες επιδόσεις του στα μαθήματα και ήταν Σημαιοφόρος του Γυμνασίου αυτού (ως πρώτος μαθητής). Αποφοίτησε πάλι πρώτος στη βαθμολογία από το Γυμνάσιο της Παλαμαϊκής Σχολής Μεσολογγίου το 1961 και συνέχισε στο Πάντειο Πανεπιστήμιο της Αθήνας με υποτροφία (δεύτερος στις εισαγωγές εξετάσεις). Ως πτυχιούχος του Παντείου Πανεπιστημίου συνέχισε τις σπουδές στη Φιλοσοφική Σχολή του Πανεπιστημίου Αθηνών.

Από το 1966 έως το 1970 ήταν μέλος της Συντακτικής Επιτροπής του περιοδικού «Τραπεζική Οικονομοτεχνική Επιθεώρησις» και αναλυτής στο ομώνυμο «Οικονομοτεχνικό Κέντρο». Από τις αρχές του 1970 προσελήφθη στο Δημοσιογραφικό Οργανισμό Λαμπράκη ως συντάκτης του «Οικονομικού Ταχυδρόμου» και των εφημερίδων «Βήμα» και «Νέα». Το 1979 έγινε αρχισυντάκτης του «Οικονομικού Ταχυδρόμου» και στη συνέχεια διευθυντής Σύνταξης. Ήταν στέλεχος, αρθρογράφος και αναλυτής στις εφημερίδες «Νέα», «Βήμα» και το «Βήμα της Κυριακής» από το 1971 έως το 2001.

Το 2001 μετακινήθηκε στη μεγάλη ημερήσια αθηναϊκή εφημερίδα «Ελεύθερος Τύπος της Κυριακής», αρχικά ως σύμβουλος έκδοσης και διευθυντής έκδοσης και στη συνέχεια ως διευθυντής. Απεχώρησε από τον «Τύπο της Κυριακής» τον Οκτώβριο του 2003 και μετακινήθηκε στην ημερήσια αθηναϊκή εφημερίδα «Απογευματινή» ως διευθυντής Σύνταξης. Τώρα είναι συνταξιούχος.

Το 1997 ίδρυσε, με τη συμμετοχή πολλών συγχωριανών του, το πολιτιστικό σωματείο «Εταιρεία Φίλων των Μνημείων της Παλαιομάνινας» με σκοπό τη διάσωση, ανάδειξη και αξιοποίηση της πλούσιας πολιτιστικής κληρονομιάς και παράδοσης του χωριού του, με σημαντικά έως τώρα αποτελέσματα. Πέρα από τα βιβλία για τα έθιμα και τις παραδόσεις με αρχαιοελληνικές ρίζες του χωριού του και το Λεξικό με μυκηναϊκές, ομηρικές, βυζαντινές και νεοελληνικές λέξεις στο γλωσσικό ιδίωμα των κατοίκων της ιδιαίτερης πατρίδας του, ίδρυσε και δύο μουσεία. Το ένα είναι το Πολιτιστικό και Λαογραφικό Κέντρο και το άλλο το Αγροτικό Τεχνολογικό Μουσείο.

Είναι μέλος της Ένωσης Συντακτών Ημερησίων Εφημερίδων Αθηνών, είναι παντρεμένος με τη Νότα και έχει τέσσερα παιδιά, τον Λεωνίδα, τον Νίκο, την Ελένη και την Άρτεμη – Ελευθερία, και δύο εγγόνια, τη Νότα και τη Χριστίνα. Έχει βραβευθεί από πολλούς φορείς και οργανώσεις.

Βιβλία Λογοτεχνικά – Λαογραφικά – Ιστορικά – Λεξικά

• «Σελίδες από τον ξεσηκωμό του ΄21 στην Ακαρνανία». Αθήνα 1971 (εξαντλήθηκε).

• «Η Παλαιομάνινα από τα βάθη των αιώνων έως σήμερα». Έκδοση του ιδίου, Αθήνα 1996 (εξαντλήθηκε)

• «Τα βλάχικα έθιμα της Παλαιομάνινας με αρχαιοελληνικές ρίζες». Εκδόσεις Δ. Παπαδήμα, Αθήνα 2001.

• «Λεξικό. 4.500 μυκηναϊκές, ομηρικές, βυζαντινές και νεολληνικές ρίζες στο βλάχικο λόγο». Εκδόσεις Δ. Παπαδήμα, Αθήνα 2007.

• «Αρχαία και νέα παιδικά παιχνίδια στην Παλαιομάνινα» (όλα τα παιχνίδια που έπαιζαν οι παππούδες και οι γονείς μας). Έκδοση , το 2012, με δαπάνη του ιδίου και για χρηματοδότηση της Εταιρείας Φίλων των Μνημείων της Παλαιομάνινας από τις πωλήσεις.

• «Πάνω από 800 αρχαιοελληνικές λέξεις στον ελληνοβλάχικο λόγο». Ebook, 2012.

Οικονομικά βιβλία

• «Είκοσι χαμένα χρόνια – Το χρονικό της λεηλασίας της ελληνικής οικονομίας κατά την περίοδο 1972 – 1992». Εκδόσεις Παπαζήση, Αθήνα 1994.

• «Αυτή είναι η Ελλάδα – τα οκτώ μεγαλύτερα εγκλήματα στην οικονομία μετά τη μεταπολίτευση». Εκδόσεις «Ελληνικά Γράμματα», Αθήνα 2000.

• «Της Σοφοκλέους το κάγκελο» – Η ιστορία του ελληνικού Χρηματιστηρίου ως φάρσα, κωμωδία και ιλαροτραγωδία από το 1970 έως την άνοδο και την πτώση του το 1999. Εκδόσεις Παπαζήση, Αθήνα 2000.

• «Η μεγάλη φούσκα της οικονομίας 1981 – 2001 – Τα ντοκουμέντα της συμφοράς». Εκδόσεις Παπαζήση, Αθήνα 2002.

• «Η μεγάλη φούσκα του εκσυγχρονισμού του Κ. Σημίτη – τα ντοκουμέντα της σπατάλης και της φορολογικής σκληρότητας». Εκδόσεις Παπαζήση, Αθήνα 2004.

• «Το πολιτικό δράμα της Ελλάδος 1981 – 2005». Εκδόσεις Παπαζήση, Αθήνα 2005.

• «Οι Άχρηστου» (πρωθυπουργοί μετά το 1980). Ebook, Εκδόσεις Στεργίου (Stergiou Limited), Λονδίνο 2011

• «Στη Φυλακή» (πολυσέλιδο κατηγορητήριο για τα εγκλήματα και λεηλασία της ελληνικής οικονομίας από το 1975 έως σήμερα). Ebook, Εκδόσεις Στεργίου (Stergiou Limited), Λονδίνο 2012.

• «540 Ιστορίες Οικονομικής Τρέλας 1984 –2013». Ebook, Εκδόσεις Στεργίου (Stergiou Limited), Λονδίνο 2013.

• «Εγώ ο βλάξ». Η εναγής τακτική ρύθμισης εκκρεμών φορολογικών υποθέσεων –1974 –2013). Ebook, Εκδόσεις Στεργίου (Stergiou Limited), Λονδίνο 2013.

• «Το τραπεζοδίαιτο κράτος και οι κρατικοδίαιτες τράπεζες». Ebook, Εκδόσεις Στεργίου (Stergiou Limited), Λονδίνο 2013

• «Τα ελληνικά Στατιστικά Στοιχεία – 1961 – 2013». Ebook, Εκδόσεις Στεργίου (Stergiou Limited), Λονδίνο 2013.

* * *

Ο ΜΟΥΣΙΚΟΣΥΝΘΕΤΗΣ

DEVID J. FRANCO is a freelance music composer with over 10 years experience producing music in the video games industry. His work has featured on titles published by Warner Bros. THQ, Square Enix and Konami as well as on national television in the US, UK and Australia.

The game audio veteran David J. Franco and former Sony Marketing Manager Dominic Parris founded in 2012 the Melodynamix® to pound out high fidelity, ear-catching, critic-aweing OSTs across a variety of genres for interactive media.

* * *